U0024484

帥醫筆記

之9 醫院暗潮

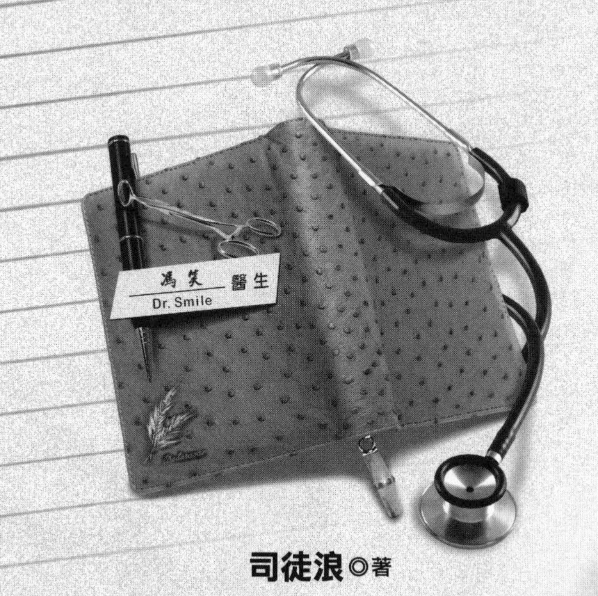

司徒浪◎著

我是一名婦科醫生。
每天，我都會接觸到女人那些難以啟齒的病痛，
我的職責便是為她們解除痛苦。
假如我看她們的笑話，出賣她們的隱私，
將她們的病痛當做閒聊話題，我就是個毫無廉恥的卑鄙小人。
我總認為女人比我們男人乾淨，她們不像我們男人，
為了競爭爾虞我詐，用心計、耍手腕，
她們心地善良單純，我因此本能地對她們產生憐愛。
我覺得女人真是一種奇怪的動物，她們有時候很難讓人理解。
女人的情感，就彷彿是天上飄著的一片雲，來無影去無蹤。
有時候你會覺得她們很變態，真的，她們固執起來的時候真的很變態。
說到底，男人或許是一種極端自私的動物，在他們眼中，只有獵物，沒有女人。
於是，許許多多說不清道不明、不便說也不能說的事情發生了。
而我只能將一切藏在心中，或者，寫入我的筆記……

——馮笑手記

目錄

第一章 輕輕的一個吻 005
第二章 每個人心中都有一隻魔鬼 027
第三章 真正的朋友 047
第四章 病人的數量就是錢 071
第五章 假公濟私 091
第六章 當愛來臨時 111
第七章 院長的真面目 129
第八章 沉睡不醒的妻子 159
第九章 夢的意義 177
第十章 孩子的名字 199

帥醫筆記

輕輕的一個吻

「馮笑哥哥，對不起。」她的聲音在哽咽。
「你是我的小師妹，希望你像以前那樣快樂。」我無力地說。
「馮笑哥哥，你真好。」她說。
我猛然呆住，因為我感覺到自己的臉上一片溫熱……
她在我的臉頰上輕輕地親吻了一下。

看了看時間，和阿珠約定的時間快到了，我急忙去開車。

「拿來！」阿珠一見到我，就對我說。

這次，我知道她要的是什麼了，急忙道：「鑰匙在車上掛著呢，慢點開啊。」

她「蹬蹬蹬」地跑到了駕駛台上，「馮笑，我帶你去吃狗肉。」

我頓時驚恐，「狗肉？吃狗肉會得狂犬病的！」

「你傻了吧？又沒讓你吃生狗肉，你去了就知道了。」她說。

我還是覺得吃狗肉不大好，「阿珠，我們換個地方吧。去吃烤乳豬怎麼樣？我知道一個地方，那裏的烤乳豬還有其他的菜都很不錯，色香味俱全。」

「那我們下次再去吧。馮笑，這麼說，你還得要請我一次哦。」她說著。我不禁苦笑，「你是我的小師妹，隨你好了。」

「我不是你姑奶奶嗎？怎麼降輩分了？」她大笑。

「我那樣叫你，你敢答應嗎？」我也大笑了起來。

「你叫來我聽聽？」她說。

我哭笑不得，不過我很欣慰，因為從現在的情況來看，她的心情似乎好多了。

於是，我不再說話，繼續想科研報告的事情。

是不是應該去問問林易呢？或者問問康得茂？他們這方面的經驗比我豐富得

多。不行，如果章院長確實是那樣想的話，萬一他們暗地裏去做他的工作，可就不好了，而且，他們都不懂醫學，很少接觸學術界，也不一定知道章院長的想法。

「在想什麼呢？怎麼不說話？」我的沉默引起了阿珠的不滿。

「沒什麼，想點事情。今天晚上本來我有事情的，結果你看……沒辦法啊，誰讓你是我小師妹呢？蠻橫的小師妹！」我裝出一副鬱悶和無奈的樣子。

「你有什麼事啊？你那麼有錢，現在又是科室的副主任，最多也就是回家陪老婆。我是你小師妹，你騰出一點時間來陪我就不行嗎？」她癟嘴道。

我聽她的話說得有些難聽，但卻又不可能和她生氣，只好解釋道：「阿珠，我真的沒有騙你。現在已經接近年終了，我得準備申報科研專案。那天我到你家來，不就是為了和你媽媽商量這件事情嗎？今天我拿到了申報表，但還沒有開始寫申請報告，時間這麼緊，我真的很忙。」

「那需要寫多久？我又不是沒看見我媽媽寫那樣的報告，實在不行你把資料給我，我讓我媽媽幫你寫去。」她依然沒當一回事。

我苦笑，「如果只是報告倒也罷了，現在的問題不是這樣的啊。」隨即，我把今天導師給我說的大概意思對她講了。

她聽完後，頓時笑了起來，「馮笑，我覺得你真夠傻的，多簡單的一件事啊？

你怎麼把它想得那麼複雜？」

「簡單？我都煩死了，你還說簡單！」

「你直接去問你們章院長不就行了？當然，如果他真的是那樣想的話，肯定要假裝客氣推辭的，然後，你多請他幾次就行了。如果他拒絕的態度堅決，那就說明他不是那個意思。如果他是那樣的想法，肯定會在你幾次請求後，假裝勉為其難地同意的。你說是不是？」她繼續地說道。

我頓時有了一種醍醐灌頂的感覺，「對呀！我怎麼沒想到？」

「你傻啊！」她大笑。

「可是……」我忽然想到了另外一個問題，「萬一他想把他的名字署在最前面呢？那樣的話，我今後的成果，豈不是無償地送給他了？」

「你們章院長是搞什麼的？」她問。

「內科的啊，怎麼啦？」我說。

「你的科研專案是婦產科的，他至於那麼無恥嗎？人家是院長，起碼的臉面還是要的吧？我倒是覺得，我媽的分析是對的。因為你的這個專案比較超前，而且成功後很可能引起轟動。你們章院長希望從中博取點名聲，增強他在學術界的地位。這種想法很正常的啊？而且，這件事情對你很有好處的。專案申報成功，未來科研經費的數額，還有設備、研究場所什麼的，這些都會得到解決。你也可以趁此機會巴結上他，多好啊。」她說。

我詫異地看著她，「阿珠，想不到你這麼厲害，你說得太好了，謝謝你，你可解決了我一個大問題。」

「怎麼樣？今天請我吃飯不虧吧？」她頓時得意起來。

「不虧，當然不虧啦。」我急忙地道。

「剛才我說去吃狗肉，看把你為難成那個樣子！」她卻不依不饒起來。

我急忙奴顏地道：「阿珠，我錯了，別說你要去吃狗肉，就是你要去吃耗子肉，我都陪你！」

她頓時大叫起來，「我才不會去吃什麼耗子肉呢，好噁心！」

我大笑。

她把車開到了江邊，隨後進到一條狹窄的支路裏。道路雖然狹窄，但倒還是水泥路面。她一直往裏面開去，到了路的盡頭才停下。

我發現這裏有一個院壩，院壩裏已經停了不少車，而且，好像都是好車。

「你看，到這裏來吃狗肉的都開賓士寶馬呢，不要以為這地方差了。」她說。

「想不到這樣偏僻的地方你都知道。」我由衷地讚歎道。

她頓時不語。

我猛然地明白了：她以前來這地方，肯定是竇華明帶她來的。於是，假裝不知道她沉默的含義，一起和她下車。

「阿珠，店呢？我怎麼沒看到賣狗肉的那家飯館？」

「在裏面，車開不進去，只有走路。」她說，隨即笑了起來，「餓死我了，我已經聞到狗肉香了。快點，不然一會兒就沒座位啦。」

跟著她往一條更狹窄的小巷裏面走去，拐了幾道彎後，我們終於到了。

我發現自己眼前的是一個大廳，裏面嘈雜得很，因為已經有很多人在這裏了。我還看見，大廳擺放著一個個炭盆，炭盆的邊緣比較寬，上方是一個黑容器，四周卻是長條凳。香氣撲鼻。

我和阿珠到了一處空位坐下，炭盆頓時將它的溫暖傳遞到了我的身上。

服務員過來了，我笑著對阿珠說道：「你點菜吧，我可是第一次來。」

服務員把菜單朝她遞了過去，阿珠擺手道：「不要菜單。這樣，來兩斤紅燒狗肉，一份涼拌豬耳朵，一份涼拌黃瓜，一份水煮耗兒魚，再來一份泡椒鱔魚。行了，就這樣吧。對了，再來一瓶北京二鍋頭，不，兩瓶。」

我不禁駭然，「阿珠，一會兒還要開車呢，先來一瓶好不好？」

「喝醉了我們搭車回去。明天你讓你那朋友來開就是。馮笑，你現在不得了了啊？一天上班不開車就不習慣了？」她瞪著我說道，嘲諷的語氣。

我哭笑不得，「那不如馬上讓他把車開走，晚上把車放在這裏，我不放心。」

「萬一你或者我沒有喝醉呢？」她說。

「保險起見，最好喝酒不開車。阿珠，上次你撞人的事情忘了？」我說。

「不准說那件事情！」她大叫，「好吧，你馬上叫人來開車就是。」

我即刻給小李打電話，「我在喝酒，麻煩你來把車開走。」

菜來得很快，有撲鼻的香氣傳來。讓我感到很有壓力的是，這裏喝酒不用酒杯，而是碗，大大的碗。

「阿珠，這也太嚇人了吧？怎麼用這麼大的碗喝酒？」

「你不覺得這樣很爽嗎？大碗喝酒、大塊吃肉。你還是男人呢，難道不喜歡這樣？」她瞥了我一眼後說。

我不禁笑了，「好，那我們就大碗喝酒、大塊吃肉吧。男土匪陪女土匪。」

「你才是土匪呢，我是被你搶來的壓寨夫人。」她說，即刻便沒有了聲音。

我知道她是在無意中說錯了話，也不以為意，「我的壓寨夫人在家裏，準備給我生孩子呢。」

她已經將兩個碗倒上了酒，一瓶酒倒完後，每碗裏只有半碗。

她端起了碗來，「馮笑，來，我們喝酒！」

「好。」我說，「阿珠，慢慢喝啊，這酒很烈的。」

「分十次喝完吧。」她說，隨即將大碗送到了她的唇邊，然後喝下了一大口。

我也急忙喝下，然後開始吃菜，味道真不錯。不過，我還是不敢去吃狗肉，看著她將一坨黃燦燦的狗肉送進嘴裏，嘖嘖讚歎，我不禁搖頭。

「你也吃啊？」她發現我沒有打算吃狗肉的樣子，於是夾了一坨出來，放到我的碗裏，「吃！你必須吃！」

我苦笑著，試探著吃了一口……哎呀！不得了！味道太好了！狗肉很香，而且入口即化，味道妙不可言。

「怎麼樣？」她歪著頭笑瞇瞇地看著我問道。

「好吃！」我說，隨即自己去夾了一坨出來。

她大笑。

第二瓶酒剛剛打開，但是，她好像已經要醉的樣子了。

她酒醉後的表現與眾不同。她流眼淚，而且號啕大哭。她的這種表現，頓時引來周圍食客的側目。

我有些尷尬，「阿珠，差不多了，我們走吧。」

「不，我還要喝酒。馮笑，你知道嗎？我就是在這裏愛上他的。誰知道，他竟然是騙我的呢？」她一邊說一邊哭泣，由於喝醉了，她說起話來含糊不清。

我柔聲地安慰她道：「事情都已經過去了，別去想了。他那樣的人，不值得你替他流眼淚的。」

「我不是替他流眼淚，是覺得自己太傻了。馮笑，你是不是也覺得我很傻？」她問我道，同時在號啕大哭。

「每個人都有傻的時候，剛才你不是說我也很傻嗎？」我說。

「不一樣的。」她說，「馮笑，我現在心裏好痛，真的好痛。」

「傻丫頭，心裏痛過了，就成熟了。好啦，我們走吧。」看著周圍的人不住朝我們這裏看來，我惶恐極了。

阿珠也發現了這個情況，她猛然地站了起來，身體不住地在搖晃，「看什麼看？沒見過女人哭啊？」

我大駭，急忙去將她抱住，同時吩咐服務員趕快給我們結賬。

出去的時候，她依然在哭泣，「馮笑，我好難受，我的心好痛。你知道嗎？我的心真的好痛。」

我依然柔聲地對她說：「回去睡一覺就不痛了。走吧，我送你回去。」

她的身體搖搖晃晃的，我一直在扶著她，當我們進到那條狹窄的小巷裏時，她卻猛然蹲在了地上，「馮笑，我好難受，我想去死，你願意陪我一起去死嗎？」

「阿珠，你胡說什麼呢？你父母就你一個女兒，你想過他們沒有？」

說著，我去將她扶了起來，她卻一把抓住了我的手，「馮笑哥哥，你相信我嗎？我沒有被他那樣過。真的，如果你不相信的話，我可以讓你檢查。你是婦產科醫生，看得清楚的是不是？」

我頓時生氣了，「阿珠！我早就說過我相信你了。其實，別人相不相信你有什麼關係？關鍵是你自己要對自己有信心。走，我馬上送你回去！你這個傻ㄚ頭！」

「我不是傻ㄚ頭！」她猛然地掙脫了我，我發現她的力氣好大，一怔之下，發現她已經歪歪倒倒地跑了出去，急忙奮力地去追，卻想不到地上有一個坑，頓時失去了平衡。我只聽見耳邊傳來「啪」的一聲，即刻就感覺到自己右手的食指傳來了鑽心的痛，當我看見自己食指的時候，只覺得眼前一黑，差點昏了過去……

我右手的食指，竟然朝後彎曲了九十度！它骨折了。

十指連心，劇烈的疼痛，再加上那根手指恐怖的樣子，讓我猛然慘叫了起來。

阿珠跑回來了，「馮，馮笑，你幹嗎？別嚇我啊？」她來到了我面前，頓時看到了我的手，「啊……」她發出的尖叫震耳欲聾，分貝高到了極點。

我的手痛到了極點，這根手指要是廢了的話，可就麻煩了。要知道，右手的食指對婦產科醫生來說是非常重要的。所以，雖然現在我的手痛得厲害，但是更多的卻是害怕。

手指越來越腫，而且呈青紫的狀態。很明顯，這是血管破裂或者因為骨折造成了壓迫。必須馬上讓它恢復，否則，自己的這根手指可能就會失去部分功能。

「阿珠，幫我把手指復位。不然的話，我今後就當不成醫生了。」我說。

「我們馬上到醫院去吧。」她說。

我搖頭，「你看這地方，哪裏有計程車？我這手指如果繼續缺血下去的話，就廢啦。我是婦產科醫生，你知道它對我的重要性。」

「可是，我也不會啊？馮笑，我們趕快去醫院好不好？」她說，竟又開始哭。

我搖頭，「快，不能拖了。你快過來幫我固定住我的這隻手。聽話。」

她過來了，伸出雙手，抓住了我的右手手掌。

我咬牙，「抓緊點，用你最大的力氣抓住。」

我隨即伸出自己的左手，深吸一口氣，然後，用力地把自己那根受傷的手指朝外面拉。一陣疼痛排山倒海而來，腦子裏除了疼痛之外，什麼也沒有了。頃刻間，我的眼前發黑，感覺額頭有汗滴落下來。

差不多了，我輕輕放開了自己的手……這一刻，我全身的力氣彷彿都從自己的身體裏蒸發掉了，頹然地坐到了地上。

「馮笑，你怎麼啦？」耳邊是她驚惶的聲音。

「走吧，我們去醫院，你扶我一下。」我說，感覺自己已經虛脫了。

她朝我彎下了腰來，奮力地將我扶了起來，「馮笑哥哥，對不起。」她的聲音在哽咽。

「別說這些了，你是我的小師妹，我希望你永遠像以前那樣快樂。走吧，我送你回家，順便去你們醫院包紮一下。」我無力地說。

「馮笑哥哥，你真好。」她說。

我卻猛然地呆住了，因為我猛然感覺到自己的臉上一片溫熱……她在我的臉頰上輕輕地親吻了一下。

我把阿珠送回了家。她開始要陪我去急診，我說你先回家吧，我答應你媽媽了，我只有一個希望，就是希望你能夠儘快從那件事裏走出來，這樣的話，我受這點傷、痛這麼一下，也就值得了。

她哭著離開了。

急診科的外科值班醫生看了我的手指後說，需要照片。半小時後片子出來了，但醫生說看不清楚，需要做ＣＴ，我笑了笑說，我也是醫生呢。於是他就說，我再看看片子。最後他說，我的手指重定很好，不需要做什麼了，過幾天裏面的出血被吸收後，就會完全恢復正常的。

回到家，陳圓看到我的第一眼就問：「哥，你臉色怎麼這麼難看？」

「陳圓，我受傷了，去給我拿一套內衣，我要洗澡。」

她看到了我的手指，頓時發出一聲尖叫。

保姆從她房間裏跑了出來，「姑爺，怎麼啦？」

「他，他的手……」陳圓指著我說，「怎麼腫得那麼厲害？」

我在心裏想，你這不是大驚小怪嗎？臉色卻帶著笑在說：「沒事，就是摔倒的時候關節脫位了。」

「姑爺，這需要用酒按摩才行的。不然的話，裏面的氣血會被堵住，今後那個手指會沒有以前那麼靈活了。」保姆說。

「沒事，明天我再去我們醫院外科看看就是了。」我說。

「姑爺，我們農村人經常出現這樣的事，用酒搓了後就很快會好起來的。我幫你用酒搓一下吧。」保姆繼續地道。

「哥，你就聽阿姨的吧。」陳圓勸我道。

本來，我準備儘快把申報科研專案的報告寫出來，所以也很著急，聽保姆說那個辦法不錯，於是就動心了，「好吧。對了，陳圓，我想寫個報告，我口述，你幫我打字好不好？」

「行。」她說，隨即又對我道：「哥，你先去洗澡吧。你受傷了，我幫你洗好不好？」

我頓時尷尬起來，因為保姆就在旁邊。

保姆看著我尷尬的樣子，笑了一下趕快離開了。

「哥，我幫你洗吧。你現在這樣子，穿脫衣服都困難。」陳圓的臉也紅了一下，不過，她還是繼續在說。

我想也是，隨即點了點頭。

感謝陳圓給我洗的這個澡，從洗漱間出來後，我頓時感覺到全身清爽，雖然手指還有些疼痛，但是我發現，它似乎沒有以前腫得厲害了。熱水沖刷我身體的時候，讓我的血液循環加速了，於是也就增強了對受傷處淤血的吸收。

可是陳圓卻突然說：「哥，怎麼好像腫得更厲害了？」

「姑爺，現在我就給你用酒搓一下吧，可以嗎？」保姆問我道。

「好，謝謝。」我說，隨即問道：「痛嗎？」

「可能會痛的，你要忍住，一會兒就好。」她說。

保姆拿來了一隻碗，還有一瓶高度白酒。她朝碗裏倒了很少的一點酒，然後用打火機點燃了一張小紙條，接下來她將那張燃燒著的小紙條扔進了碗裏，「噗」的一聲輕響之後，碗裏出現了綠瑩瑩的火焰。

我頓時駭然，「阿姨，你幹什麼？」

「姑爺，你放心吧，把你的手給我。」她笑著對我說。

她用她的左手握住了我受傷的手，右手伸到碗裏那團綠瑩瑩的火焰裏面。我正準備阻止她，卻見她的手已經從碗裏出來了，帶著一團綠瑩瑩的火焰。

她的手與那團火焰一起猛然到達了我那根受傷的手指上面。我情不自禁地一縮，但卻被她的手死死地拉著。

我更加駭然，因為我看見，那團綠瑩瑩的火焰正在我受傷的手指上面燃燒。然而，非常奇怪的是，我的那根手指並沒有覺得火焰有多燙。

保姆接下來快速地在我那根手指上面揉搓，我頓時感到了疼痛。是手指關節處發出的疼痛，而不是皮膚表面。同時，我還感到自己那根手指的皮膚表面，有一種涼悠悠的舒服感覺。她一次次地從碗裏將火焰送到我的手指上面，然後快速地揉搓。到後來，我感覺到自己的手指有些發燙了。

「姑爺，明天早上再做一次，估計就差不多了。」她說。

「哦，謝謝。」我點頭道，心裏卻有些懷疑她這種治療的功效。

半躺在床上，我一邊看著資料，一邊口述，陳圓在我懷裏，她的前面是筆記型電腦，她在快速地打字。我再一次被這種家的溫馨籠罩了。

昨天晚上睡得很晚，隔天早上起床的時候也有些晚了。我的手指好多了，所以就沒有讓保姆再次給我治療。我對她的那種治療方式感到有些不可思議，同時在心裏感歎：民間的很多東西，其實很值得學習的。

申請表填寫起來容易多了，不過，在填到「專案申請人」那一格的時候，我還是猶豫了一下。想了想，隨即將章院長的名字寫在了前面，然後才寫上自己的名字。因為我想到了昨天晚上阿珠的那句話來。

現在我想：如果章院長真是那個意思的話，我也沒有什麼辦法。我把他的名字填寫在前面至少有一個好處，那就是表示我對他的尊重。

而且，我還想到了一個更懶的辦法，當然，目的依然是為了迴避自己內心的尷尬——填寫好表格後，將資料送到了科研處。

這樣一來，我就可以不用直接去面對章院長了。

想起章院長，我忽然又記起了一件事情：給莊晴打電話。

我發現人與人之間的關係有時候與距離相關，自從莊晴離開後，我幾乎很少想到她了。所以我就在心裏想，是不是因為聯繫少了，才會出現這樣的情況？抑或是因為其他的女人填補了她給我留下的空白？

可是，她的電話卻處於關機的狀態。我估計她可能是正在片場，或者因為其他什麼原因，於是就給她發了一則簡訊：請回電話。

其實，整個上午我的心裏都是忐忑不安的，因為我總在想著那份報告的結果。一直到上午下班的時候，都沒有任何消息。

讓阿姨又治療了一次後，中午沒有睡到午覺。

下午去上班的時候，有些昏沉沉的，剛到醫院就接到了科研處的通知，「馮主任，麻煩你來一趟。」

我心裏頓時忐忑起來，急忙去往行政樓。

剛剛出了辦公室的門就碰上了余敏，我詫異地問她道：「你怎麼來了？」

「我是來謝謝你的。設備處通知說，我們公司的那兩個產品通過了。」她看著我笑。

我點頭，「那就好。」

「我……」她欲言又止。

「怎麼啦？」我問道。

「晚上我想請你吃頓飯，你有空嗎？」她說。

我即刻拒絕了，「最近太忙了，以後再說吧。」

「這個，你可以幫我想想辦法嗎？」她卻隨即拿出了一份資料朝我遞了過來。

我心裏很不高興，覺得她有些得寸進尺，但卻不便在這裏發作，於是淡淡地道：「給我吧，我看了再說。」

她頓時高興起來，「我知道你會幫我的。」

我忐忑地去到了科研處。

「馮主任，你報的資料章院長看了，他做了一下改動。所以，申報表你得重新填過。」科研處的人對我說。

我心情複雜地從他手上接過了我先前填寫的那張表來，直接去看我曾經猶豫了很久的那一格。我看見，他確實在那一格做了改動，我的名字被放到了前面，他的名字被放在了後面。

我內心有些失望，這是一種遺憾。在我心裏，一直對章院長很尊重，雖然導師曾經給我分析過可能會出現這樣的結果，但是，當這一切真的出現在自己面前的時候，卻發現自己的內心竟然是如此的難以接受。

我覺得這不是單純與不單純的問題，而是原則問題。

我拿著申報表一直在看，眼前早已經變得模糊起來。

「這是新的表格，馮主任，你就在這裏重新填寫吧，免得你再跑一趟。」一直到我面前的這個人說了這句話後，我才清醒了過來。

於是，我就在他辦公室裏開始重新填寫。

就在這時候，他辦公室的電話響了起來，他去接聽。我聽到他說了一句話，頓時緊張了起來——他對著電話說：「他正好在我辦公室裏面呢。」

於是我問道：「找我啊？誰啊？」

其實我猜想得到是誰，但我不得不問。

「章院長請你去他那裏一趟。」他對我說。

我只好即刻去往章院長的辦公室。

「小馮，來，快來坐。」章院長很客氣，很慈祥。

我不再忐忑，大方地坐下，然後看著他說：「章院長，您怎麼改動了？這個專案這麼大，必須要您的領導才可以成功的。」

「哈哈！」他大笑，「小馮啊，你可能誤會我的意思了。本來我根本就沒想到來參與這個課題的，想不到你竟然寫上了我的名字。我想，這樣也好，至少我還可以給你提供一些幫助，否則的話，今後會名不正言不順的。你說，是不是這樣？」

我做出一副很感動的樣子，「章院長，您能夠同意我的這個請求，我太高興了。這下好了，我對課題的申報成功有信心了。」

「我在你後面署名是可以的，但是具體的事情還得你去做。這是婦產科的課題，雖然內科與婦產科有很多共同的地方，但畢竟隔行如隔山啊。這樣吧，今後我會儘量多給你提供後勤服務就是。你看怎麼樣？」他說。

我搖頭道：「章院長，那可不行啊。您是專家，正如同您所說的那樣，內科和婦產科其實是相通的，今後在技術的指導上，還有論文的寫作上，都得您把關才可以的啊。」

他點頭，「這倒是。小馮，你畢竟沒有書寫這種重要科研論文的經驗。沒問題，那我們今後就加強合作吧。當然，這必須是在課題被批准的情況下。」

我笑道：「有您在，課題一定會通過的。」

他大笑，「小馮真會說話。」

我心想：這件事情終於有個圓滿的開端了，於是急忙向他告辭。

他微笑著朝我點了點頭。

從他辦公室出去後，我感覺自己剛才的那種鬱悶心情竟然不翼而飛了。

第二章

每個人心中都有一隻魔鬼

「你隨時給我打電話都可以的。」她這樣對我講。
她的意思很明確：只有我需要，她隨時可以來陪我。
我發現，自己竟然對她還有些迷戀。
忽然想起一句話來——每個人心中都有一隻魔鬼。
有人說，那隻魔鬼就是人的欲望。
我覺得這說法並不完全對，最準確的說法應該是，獸欲。

在科研處把表格填寫好後，我回到了自己的辦公室裏面，開始看余敏剛才拿來的那份資料。我一看之下頓時怔住了，隨即是生氣和惶恐，因為我手上的這份資料既不是藥品，也不是耗材，而是設備的資料：婦科專用彩超的設備資料。

前些日子，秋主任對我說過這件事情，她告訴我說，目前北京、上海等大醫院已經在開始使用婦科專用彩超設備了，她希望我們也儘快開始使用。

我當然知道彩超在婦產科的巨大用途了，不過，我很擔心醫院不會同意我們的意見。因為這樣的設備價格太昂貴。

當時秋主任說：「我們把報告打上去再說，至於上面同意與否，就是他們的事情了。」

當時我覺得她說的也是，於是就在秋主任的名字後面簽上了自己的名字。這是大型設備，必須得我們兩個人同時簽字才行。

我想不到余敏的資訊竟然如此靈通，這麼快就知道了這件事情。而更讓我想不到的是，她竟然企圖染指這樣大型設備，要知道，那可是價值上百萬的設備啊。

我覺得她有些過分了，隨即將那份資料扔到了垃圾桶裏去了。想了想，我又撿了起來，放到了自己辦公桌的抽屜裏面。

有人敲門。

「請進。」我對著門說了一聲。

門打開了，我詫異地看見，進來的竟然是余敏。

我心裏很是不悅，「你怎麼還在這裏？」

她過來，直接坐到我辦公桌的對面，「馮大哥，我想來和你談談，我給你的那份資料的事情。」

「這是在我的辦公室，你不要這樣叫我。」我心裏覺得膩味得慌。

「對不起，馮主任。」她的臉頓時紅了起來。

我有些不忍，「余敏，你把我的能量想像得太大了。資料我看了，而且在打給設備處的報告上我也簽了字。但是，這樣大型設備我根本就說不上話。別說我，就是設備處也沒有話語權的。甚至我還可以說，我們醫院的領導也不一定能夠做主。你想想，這麼大型的設備，上百萬的東西。」

她補充了一句，「一百七十萬左右。」

「好吧，一百七十萬吧。設備的利潤是多少？至少百分之二十吧？也就是說，這台設備的利潤有三十多萬。我想，很可能會有更上面的領導關注的。所以，我無能為力。」我說。

「我已經瞭解過了，據說醫院不同意購買。」她說。

「那你還來找我幹什麼？」我詫異地問道。

「有兩種方式，可以讓你們醫院儘快使用上這樣的設備。」她說，「第一種方式是，由我們投放。也就是說，你們不花錢，我們就把設備提供給你們，然後進行收入分成。比如，第一年一九分成，第二年二八，第三年三七……然後，商量多少年後，這台設備就完全屬於你們醫院了。第二種方式可以採取你們科室自己集資購買，然後，效益屬於你們科室集資人的。這種方式，我們可以適當便宜一點。」

說實話，她的話讓我有些心動了。不過，這兩種方式可行嗎？我無法回答她。

「這樣吧，我和秋主任商量一下。不過，你所說的第一種方式還是得通過醫院。嗯，第二種方式，也得通過醫院領導同意，不然的話，每個科室都這樣幹，豈不是亂套了？」我想了想說。

「我知道。只是想麻煩你，儘量想辦法幫幫我。」她低聲地說。

這時候，我忽然想到了一件事情，因為我忽然覺得有些奇怪，「余敏，你究竟在哪家醫藥公司啊？怎麼藥品、耗材你都在做，而且現在又在做設備？好像我們省還沒有幾家這麼大規模的醫藥公司吧？」

我確實很奇怪，因為據我所知，很少有醫藥公司會同時經營藥品、耗材和器械。一般來講，藥品和耗材同時經營的比較多。因為醫療器械的利潤最高，做成一台大型設備後的利潤，就可以養活公司一年甚至數年。比如一台CT，其中的利潤起碼上百萬。

不過，做醫療器械的難度很大，需要非常過硬的關係，同時週期也很長，從醫院做計畫開始，就要進行跟蹤，而且，即使中標後，還要有後期的修理和保養服務，所以，一般都是專業性的公司去做那樣類型的產品。

也正因為如此，我上次才讓余敏去找幾種耗材，因為我覺得這對她來講會容易一點。

「是這樣的。」余敏卻對我說，「我想自己註冊一家器械公司，如果我這次能夠在你們醫院做這台設備的話，我的公司就可以註冊了。」

我大吃一驚，同時也目瞪口呆，因為我沒想到，她的野心竟然會這麼大。自己註冊一家醫療器械公司？開玩笑的吧？那會墊資多少錢？還有辦公場地、員工的工資等等。她有這個實力嗎？如果有，那我豈不是被她給欺騙了？

不過，我沒動聲色，只是淡淡地說了一句：「想自己當老闆啊？」

「給別人打工，一個月做得再好，也就一兩萬塊錢的樣子。馮大哥，我與你們不一樣，不可能一輩子當醫藥代表的。其實你也知道，醫藥代表吃的是青春飯。所以，我想自己幹。不過，我現在資金有些緊張，所以，想儘快做成幾筆業務，然後再去註冊公司。」她說。

「可能不是那麼簡單吧？醫療器械價格那麼貴，你有那麼多資金嗎？」我說。

她卻頓時笑了起來，「你可能不大瞭解醫療器械行業的操作模式。其實，醫療器械做的就是關係。誰的關係過硬，誰就賺錢。一般來講，每一家醫療器械公司，只代理某個品牌的品種，要麼代理西門子的，要麼就日本或者義大利的某個品牌。醫院在選擇的時候，主要看品牌。對於醫療器械公司來講，不需要墊資去進貨的，後期的維修和保養也是廠家負責，其實對於品牌設備來講，維修與保養的費用很少，因為幾乎不需要。所以，醫療器械公司賺的錢，其實就是這部分服務費。

「你說得對，這部分的利潤在百分之二十以上。所以，醫療器械公司的註冊並不難。難的是評級，一家公司的經營級別很重要，醫院也很看重。不過，我開始並不想去做那些大型器械，只想做一些簡單的東西，比如B超、X光機、心電圖機什麼的。順帶做一些耗材。對了，其實很多設備是不怎麼賺錢的，醫療器械公司往往都通過設備需要的耗材賺錢呢。比如X光機的膠片什麼的。」

她這樣一說，我頓時明白了。

「馮主任，」她現在又回到正規的稱呼了，「你剛剛當上科室的領導，如何給大家創造福利，很重要啊。所以，我覺得你們集資買這台設備，是一次難得的機會。你們病房一年有多少病人啊？門診加上住院部，起碼上萬吧？一個人做一次這樣的檢查，收費三百元左右，那會是多少錢？不需要多久就會拿回成本來的。」

我心裏大動。

「現在，你們另一家醫院已經開始在搞科室集資購買設備了。院方只收取一定的管理費。這樣既解決了醫院投入不足的問題，又讓科室有利可圖。馮大哥，我還可以向你們提供一些適合科室經營的設備的。」她又道。

「我抽時間問問章院長再說吧。」我點頭道。

「那好，我等你的消息。晚上你真的沒空嗎？」她問。

「最近很忙。」我說。

「那好吧，馮大哥，你隨時給我打電話都行。」她說道，眼裏一片春情。我心裏一蕩。

她離開了，我沒有站起來送她出門，因為我已經有了反應。我發現她真的很特別，竟然可以隨時造成我的衝動。

當時我的想法應該是這樣：她如果能夠成為自己女朋友的話，倒還合適。是的，當時她在我心中是美麗的，正因為那樣，我才會那麼喜歡她、處處照顧著她，以至於在得知她竟然是別人情婦的時候，才會那麼厭惡她，甚至恨她……

然而時過境遷，我萬萬沒有想到，她有一天會投入我的懷抱，而且是那麼的卑下、屈就。「你隨時給我打電話都可以的。」她不止一次這樣對我講。她的意思很明確：只有我需要，她隨時可以來陪我。我覺得她現在變得很下賤，可卻無奈地發現，自己竟然對她的這種下賤竟然還有些迷戀。忽然想起一句話來——每個人心中都有一隻魔鬼。有人說，那隻魔鬼就是人的欲望。我覺得這種說法並不完全準確，最準確的說法應該是，獸欲。

我一直認為，「人之初，性本善」的說法是錯誤的，我覺得，應該是「人之初，性本惡」才對。因為我們剛剛出生的時候，只有動物屬性，只知道饑餓和冷暖，是母親的愛和周圍人的呵護，才讓我們有了人的善良和理性。所以我覺得，人首先是動物，其次才是高等動物。正因為此，我們內心的那隻魔鬼會永藏在心中，而且時不時就會露頭。

歎息了一聲，我隨即去到了秋主任的辦公室。

「秋主任，我想和您商量一件事情。彩超的報告打上去後，好像一直沒有消息是吧？」我問她道。

「那時候，醫院重點在不育中心，怎麼可能會關心我們的意見呢？」她說。

「那麼現在呢？現在醫院有新的意見沒有？」我問道。

她搖頭，「院長辦公會否決了的事情，怎麼可能會有新的意見？」

我看著她，「要不，我們再打一份報告上去？現在我們確實需要這樣的設備啊。您說是嗎？」

她依然搖頭，「聽說，不育中心要重新任命新的負責人，章院長又是剛剛當上正院長，他很想做點大事出來。所以，我們還是沒戲。」

我很是好奇，「那誰會去負責呢？」

她看著我笑。

我心裏不禁激動起來：不會是我吧？轉念一想，又覺得不大可能，因為我的資歷及學術水準都遠遠不夠。要知道，一個新科室的負責人，可是要學術與管理都非常強的人啊。

「領導找我談過了，說準備讓我暫時去負責。婦產科這邊的事情，也要我兼著。」她說道。

雖然明明知道自己不大可能，但我心裏依然有些遺憾的感覺，「秋主任，這太好了，有您兼著這邊就行。我還擔心您不在，我一片茫然呢。」

「我今後這邊的事情肯定管不了多少的，主要得靠你。你也知道，不育中心那邊的那一攤子事情，很麻煩，醫院讓我去負責，也是一種迫不得已，因為我做事情穩當，不會給他們惹下麻煩。」她說。

我心想：那可不一定，今後領導讓你進某家公司的產品，你敢不答應？我當然不會說這樣的事情，不過我心裏頓時明白了：原來，她也不同意現在就購買彩超，因為她今後要去籌建那個不育中心了。由此看來，開疆擴土、創建一番新的事業，並不僅僅是男人的野心，連秋主任這樣的老太太都興趣盎然呢。

不過，我覺得這樣也好，於是我接下來說道：「既然這樣，秋主任，那您想過由我們科室自己購買嗎？在醫院同意的情況下。」

她大吃一驚的樣子，「且不說醫院會不會同意的事情，那種設備需要近兩百萬呢，我們科室怎麼買得起？」

「一百六七十萬吧。我們科室醫生加護士，一共接近四十來個人，當然，這包括我們自己的輔助科室和手術室所有的人。如果我們集資購買的話，平均下來，每個人也就四萬多塊錢的樣子。但是，今後的效益確實非常可觀的啊。」我說。

「醫院肯定不會同意。」她說。

「不一定，如果這樣的話，醫院不但不用投入，還可以收取管理費，同時，也增加了科室的設備，讓我們的醫療服務更好，這樣一舉多得的事情，他們怎麼可能不同意？」我說。

「小馮啊，這可不是簡單算賬的事情。你想過沒有？如果醫院裏面所有的科室都這樣搞的話，豈不是亂套了？」她只顧搖頭。

我笑道：「秋主任，您說得對。不過，我覺得現在正是一個機會呢。如果我們現在不動手幹這件事情的話，今後就沒有機會了。」

「這倒新鮮，你說說為什麼？」她詫異地看著我。

「道理很簡單。」我說，「據我所知，現在，我們學校另外一家附屬醫院，已經有部分科室開始自籌資金購買儀器了，這叫有先例。我們醫院還沒有開始搞，所以，這是我們的第一個機會。

「其次，剛才您說的那種情況肯定會出現的，但那是在全院各個科室都重複購買時，醫院才會察覺到的。現在，就如同我們國家改革初期一樣，因為資金緊張，所以先拿來再說，根本來不及預料今後的事情。這叫摸著石頭過河，等問題出現之後再去矯正。所以，這件事情就和做生意一樣，誰看準了，誰先下手，誰就得利。

「秋主任，我們科室醫生和護士的收入，在全院裏面雖然不算最低的，但大家的收入也很有限啊。現在，物價這麼高，房價也一天天往上漲，還有孩子讀書的擇校費，動不動就是幾萬。我覺得，我們應該給大家謀求一個增加收入的辦法才行。老胡，還有鍾醫生，他們以前出問題，說到底還不是錢的問題嗎？」

「你說的很有道理。」她點頭道，「不過，我馬上要去不育中心那邊了，今後，我的主要精力也會在那邊。我看這樣，你先去與醫院領導商量一下，如果他們同意了，我沒意見的。」

我不禁苦笑，如果醫院領導都同意了，你還敢有意見嗎？隨即又說道：「秋主任，我有一個想法，希望能夠得到您的支持。」

「我老了，思想跟不上你們年輕人了，你說吧。」她淡淡地道。

我頓時明白她為什麼會如此冷淡了，如果這件事情真的做成之後，她害怕大家會對她有意見。

「秋主任，我的想法就是，請您組織召開一次全科室的會議，專門就這件事情，向大家徵求意見。如果大家都同意的話，我們就馬上給醫院打報告。」我說。

「這怎麼行？你這叫先斬後奏，醫院領導會生氣的。」她說。

「秋主任，您想，我們已經打過報告了，而且已經被否決了，這次雖然方式不一樣，但是醫院領導肯定會有顧慮，因為他們會覺得，一個科室集資上百萬的錢去購買一台設備，不大牢靠。這是人的慣性思維。秋主任，您開始不也是這樣認為的嗎？其次，如果醫院領導同意我們徵求職工的意見的話，萬一大家不同意呢？那時候，我們豈不是被動了？所以，我覺得還是先徵求大家的意見，然後再打報告的好，這樣一來就萬無一失了，您說是嗎？」

「好像是這個理。好吧，這次我聽你的。不過，我還是那句話，醫院領導那裏的事情，只能由你自己去做工作。」她說。

我頓時鬆了一口氣，「行，那您看……什麼時候開會啊？」

「這樣吧，今天下班的時候開會，就在醫生辦公室裏，那裏夠寬敞。我來召集，具體的你來談。」她說道。

我一怔，隨即道：「好吧。」

「有個問題，」她卻隨即說道，「如果大家沒意見，醫院領導也同意，今後購買產品的事情如何處理？是委託醫院設備處購買呢，還是我們自己去考察，自行購買？這件事情，大家很可能會提出來的。」

「等請示了醫院領導後再說吧。」我說。

說實話，這個問題我還真沒想到。現在聽秋主任這麼說，我頓時有些隱隱的擔憂：或許，即便同意購買，也不一定是從余敏手上買啊？

她點頭，「好吧，就這樣。反正我只主持會議，具體的問題都由你來講。小馮啊，你要體會我的苦心。今後，科室裏主要由你主持工作了，這件事情做得好與壞，對你今後的威信很有影響。當然了，我希望你能夠做成，能夠得到大家的贊同，這樣的話，你今後的工作也就容易多了嘛。」

我不禁汗顏，我發現自己還真有些以小人之心度君子之腹了。

下午下班的時候，全科室的人都在醫生辦公室裏面開會，只在護士站留下了一位護士值班，同時，還安排了一位護士在醫生辦公室的門口站崗。這樣的事情，病人知道了不好。

秋主任首先說話，「今天我們全科室開一個會，主要是有兩件事情要告訴大家。第一件事情就是我即將要去籌建不育不孕中心。雖然醫院領導讓我繼續兼任婦產科的主任，但是，我肯定沒有那麼多的時間和精力來管這邊的事情，所以，今後婦產科這邊就全靠馮主任了，希望大家都要配合他的工作。

「說起來我很慚愧，因為我這個人膽子太小，所以這麼些年來，沒有給大家帶來什麼好處，其實，你們的困難我是知道的。前些年我孩子上大學，家裏經濟緊張的時候，我也只好悄悄出去找點外快，但是我不敢帶著大家一起去做，在這裏，我再次向大家表示歉意。但是現在不一樣了，因為小馮不但年輕，而且很有魄力。這就是今天我們要講的第二件事情。馮主任，這第二件事情是你提出來的，還是由你來具體地講吧。」

於是我開始講，先咳嗽了兩聲，目的是更加引起大家的注意，「這件事情秋主任早就提出來了，大家可能也知道，就是我們向設備處打報告，準備購買彩超的事情，但是後來，被醫院領導否決了。剛才，秋主任和我商討了一下，覺得我們可以採用其他的方式解決這個問題，不過，最關鍵的是要科室大多數人都同意。」

說到這裏，秋主任打斷了我的話，「這是馮主任的建議，我覺得他的這個想法很好。呵呵！我說明一下，馮主任，你繼續。」

「這樣，我先給大家算一筆賬。」接下來我說道，「我們醫院婦產科每年門診加上住院病人不下萬人次，多的時候在二萬人次以上，我們的病人起碼有百分之八十需要做這樣的檢查，按照每人每次收費三百元計算，一年下來，這台機器可以產生至少三百萬的效益。所以，我和秋主任想，現在既然醫院不同意購買這台設備，我們科室完全可以集資購買啊？大家想想，一台彩超機也就一百六七十萬，整個科室平攤下來，每人只需要集資四五萬塊錢。假如我們給醫院交百分之二十的管理費，那麼，剩下的至少還有二百四十萬！也就是說，一年下來我們每個人就會有至少幾萬的分成。

「這是什麼概念？三年就是一台豐田，五年就是一套公寓。不過，因為這件事情關係到科室的每一個人，所以秋主任和我都認為，應該先徵求大家的意見，然後再向醫院領導爭取這件事情。

「現在，我們學校那所醫院已經開始在這樣做了，所以我覺得，如果我們態度堅決，理由提得恰當的話，醫院領導會同意的。現在，請大家都說說你們的想法吧。反正還沒有給領導彙報呢，大家不同意的話，沒什麼影響。」

一年幾百萬的收益，這樣的事情誰會反對？果然，我發現大部分的人都情緒激動起來，都說是好事情。不過我也發現了，好像有幾位護士欲言又止的樣子。我沒有去問她們，因為既然大部分同意了，也沒必要去糾纏細節上的問題了。

「好，既然大家都沒有意見的話，我們就馬上給醫院領導打報告了，不過有一點我要提醒大家，這件事情千萬要保密。大家想想，如果我們醫院其他科室也都一股腦地這樣做，醫院就會亂套的，所以，我們必須抓緊時間，悄悄地把這件事情辦了，到時候，就等其他科室的人來羨慕我們吧。」

大家大笑。

有人問道：「今後醫院其他科室肯定也會效仿的，萬一醫院要把政策收回去怎麼辦？」

我說道：「醫院出現亂套的情況，起碼也要在一年之後了，那時候，我們每個人的投入早就收回來了，而且已經有了很大的效益。到時候，如果醫院真的要收回去也很簡單，拿錢來把設備買回去啊？但我們科室收費的專案，不依然是多了一項嗎？反正，我覺得這個事情是沒有任何風險的。你們說是不是？」

事情就這樣定下來了。

下班後回家，陳圓看到我異常高興，「我以為你不會回來吃飯了呢。」

「你吃了是吧？我們科室開了個會。」我說。

「我還沒有吃。」她說，隨即朝廚房叫了一聲，「阿姨，把菜端出來吧，我也餓了。」

我有些詫異，「你怎麼知道我今天要回來吃晚飯？」

她頓時紅著臉不回答我。

這時候保姆出來了，她說：「姑爺你不知道，每天晚上，小姐都會等你到八點過才吃晚飯的。她總是說，萬一你要回來呢？」

我感動萬分，羞愧萬分，「陳圓……」

「吃飯吧。」她嬌羞地道。

我看著她，「今後我儘量回家吃飯，如果有急事的話，我一定提前告訴你。陳圓，以前我沒有做得好，對不起，可是，你為什麼不主動打電話問我呢？」

「哥，你有事情要在外面吃飯，我老是打電話給你，怕你會很煩的。」她說。

我更加汗顏，卻不知道該說什麼好了，只好不停給她夾菜。

第二天上班後，第一件事情就是去找章院長。可是他卻在那裏不住地搖頭。

我很著急，「章院長，學校另外那家附屬醫院已經在這樣做了。而且，我們科室也特別需要這樣的設備。我們醫院不育不孕項目開展得已經很晚了，這個項目不能像不孕不育項目那樣遲遲不開展，我們畢竟是教學醫院，是三甲醫院，開展新的先進的檢查業務是必需的啊。現在醫院有困難，我們願意自己解決，這不是很好嗎？」

他朝我微笑，「不是我不同意，是需要開會研究。這畢竟是牽一髮動全身的事情，今後涉及的，肯定不只是你們科室。還有，採用醫療器械公司投放的方式好，還是科室集資購買的方式好？醫院如何管理？管理費怎麼收？等等問題都需要研究的嘛。這樣，你先把報告放在我這裏，我儘快安排時間研究。小馮啊，秋主任馬上去籌備不育中心了，婦產科那邊的事情你可要好好把工作抓起來啊。」

「您放心吧。」我說。

「對了，你和莊晴聯繫上沒有？」他問道。

我搖頭，「最近打了幾次電話她都是關機，可能她太忙了。」

「哦，可能是吧。」他點頭，「最近我才聽說，你是我們省江南集團林老闆的女婿？小馮，麻煩你幫我約下她可以嗎？我想和她談點事情。」

他的話讓我感到奇怪，因為人們有一種習慣，都是商人去約官員，很少有官員主動去約商人的。章院長雖然不是真正的官員，但他畢竟是我們醫院的院長，級別在那裏擺著的。所以，我頓時心裏一動，急忙地道：「章院長，這樣吧，我來約他，我來安排，到時候請您和他一起參加吧。這樣可以嗎？」

他點頭，「好，你安排吧。」

本來我還想問他究竟有什麼事情要找林易的，但是嘴巴張了張，卻沒有問出來，隨即轉身離開。

真正的朋友

後來我才真正明白，
領導的級別越高，真正的朋友就越少，
能被請到領導家裏吃飯，可是一種至高的榮幸。
正如林易所說的那樣，他雖然不是什麼領導，
但在江南商界卻是鼎鼎有名的人物。

回到病房後先查房，開完醫囑後，我到自己的辦公室開始給林易打電話。反正我的手指還沒有完全好，最近的手術都是別人在幫我做。

「我們章院長想和你談點事情。」電話通了後，我直接對他說。

我和他之間早已經形成了這樣的習慣，很少轉彎抹角。

「你知道他是因為什麼事情嗎？」他問道。

「不知道。」我說，「肯定不是小事情。不然的話，他不會主動提出來和你談事情的。」

「你怎麼說的？」他問道。

我把自己對章院長說的話講了一遍，隨即又道：「你看你什麼時候有空，儘量安排吧，他畢竟是我的領導。」

「就今天晚上吧。這樣，到時候我讓小李開那輛加長林肯來接你們，到我家裏來吃飯。呵呵！你這樣一說，我反倒好奇了。」他隨即說道。

「家裏？家裏不好吧？」我說道。

「哈哈！馮笑，你知道嗎？能夠到家裏吃飯的，可不是一般的規格，今後你慢慢就懂了。你放心，你們章院長絕對會很高興的。」他大笑著說。

我確實不懂，而且依然覺得他這樣的安排不大好，於是我說道：「我說了，由我安排。」

「馮笑，你這樣回答他是對的。」他說。

我似懂非懂，連聲答應。

掛斷電話後，我猶豫了一會兒，隨即忐忑地給章院長打電話，剛剛撥了幾個號碼，卻覺得很不踏實，於是出了辦公室的門，再次朝行政樓走去。

沒想到章院長聽了我給他說的林易的想法後，竟然真的很高興，他說：「林老闆太客氣了。呵呵！看來他確實很喜歡你這個女婿啊。太好了！這樣，下班的時候我坐你的車吧，聽說你買了輛好車。有錢真是好啊。」

我急忙地道：「他說用公司的林肯來接您。」

他急忙搖頭擺手，「這樣不好，醫院裏面的人看到了不好，我就坐你的車吧。畢竟是私人之間的交往。」

我覺得他說的很有道理，於是點頭道：「行，我給他講講。」

我愉快地出了章院長的辦公室，心裏依然納罕：真奇怪，他怎麼喜歡到家裏去吃飯呢？而且還那麼高興的樣子？

後來我才真正明白，領導的級別越高，真正的朋友就越少，能夠被請到領導家裏吃飯，可是一種可遇而不可求的榮幸。正如林易自己所說的那樣，他雖然不是什麼領導，但在江南商界卻是鼎鼎有名的人物。

林易聽了我說的話後，頓時不再堅持了，他還說：「我明白了，看來他確實是有私事找我。不過我更覺得奇怪了，他怎麼會信任我這樣一個與他素不相識的人呢？馮笑，你和他之間，應該沒有什麼特別的關係吧？」

我說，「沒有。」同時，心裏也覺得奇怪。

掛斷電話後，我想了很久都沒有想明白，頓時搖頭苦笑：想不明白最好就別再去想了。何必呢？這不是自己折磨自己嗎？

忽然想起一件事情來，我覺得這件事情才是最需要未雨綢繆的，於是馬上打了個電話，「余敏，我馬上去醫院對面的茶樓，你馬上過來吧，我和你說點事情。」

「我就在你們醫院設備處，正在辦那兩個耗材入院的相關手續呢。」她說。

「那你辦完了沒有？或者你直接到我辦公室來吧。」我看了看時間。

「我馬上過來。」她說。

我想和她談談那台彩超設備的事情，因為我覺得，自己好像無法控制未來採購的事情了。我在想，萬一醫院要求由設備處招標怎麼辦？我不能再去找章院長辦這件事情吧？還有，即使醫院不管採購的事情，科室裏面我怎麼說？還有價格的問題，等等，這些事情都是要提前和她商量的啊。

十分鐘之後她來了。

余敏有責怪我的意思，這讓我感到有些不快。她說，怎麼能先說購買的事情呢？應該先把我代理的這家品種的參數、價格、品質擺出來，然後直接打報告給院方。

我不好發作，於是耐心地說道：「我先要解決的問題是買或者不買，以及購買的方式問題，這個問題不解決，怎麼可能直接提出買什麼品牌？這不是讓大家一下就清楚我在中間搞名堂嗎？我們醫院才出了事情，難道你想讓我去坐牢啊？」

她這才說道：「你的想法是對的，可能是我自己太心急了點。現在，你們向院方提出了由你們科室購買的請求了是吧？那麼，設備的選擇肯定就是由你們科室負責了。院方不出錢，他們幹嗎出面採購？你說是不是這個道理？所以，接下來你就完全可以控制了。」

我覺得她說的倒是有些道理，不過……我想了想又說道：「醫院的事情很難說。設備是大事情，醫院要控制產品的價格和品質也很難說的，即使醫院不負責採購，科室裏面，我也不可能一個人說了算，畢竟是大家一起出的錢。」我說。

「到時候，你指定幾個和你關係不錯的人負責考察和談判就是了。你是這裏的領導，難道他們還不聽你的？」她說道。

我苦笑，「事情像你想的那麼簡單就好了。我這麼年輕就當上了科室的副主任，很多人心裏還不服氣呢。所以，我覺得唯一的辦法就是，你在價格上便宜一些，這樣我才好說話。」

「人家都是因為有關係才賣出高價，你倒好，反而讓我便宜。」她不悅地道。

「我們是集資購買，不是公款，明白嗎？所以，價格上的優勢很重要。不然，到時候我怎麼替你說話？」我說。

「這樣吧，到時候肯定不止一家來找你們。而且，有些關係也要找到你這裏來，所以，你可以多瞭解其他品牌的價格。這樣，到時候如果人家報一百七十萬，你就說我們有一百六十五萬的價格，反正比其他的都低就行了。這樣，你就好說話了吧？」她想了想後說道。

「你的意思是說，由我全權決定你產品的報價？」我問道。

她點頭，「就是這個意思。」

「那你告訴我，你這台設備的底價。不然我報價低於你的成本價就麻煩了。」我說道。

她猶豫了一會兒後才說道：「本來這是商業秘密，不應該告訴你的。不過，我們的關係不一樣。這樣吧，原則不能低於一百二十萬。不過馮大哥，你可不能為了照顧你們科室而猛壓我的價格啊。你知道的，我掙錢不容易。」

我點頭，心裏暗自驚訝：想不到這醫療器械的利潤這麼高。

不過，她這樣一說我心裏就有底了，而且也覺得以後好操作了。

「好吧，就這樣。到時候我看著辦就是了。」

「謝謝馮大哥。我還要到設備處去一趟，那裏的事情還沒有辦完呢。」她說。

我點頭，「我也還有事情。你去忙吧。」

她離開後我心裏想道：這個女人很麻煩，這次幫了她之後，今後就不要再接觸她了。

下午下班前，小李到了我辦公室，我詫異地問他道：「不是說好了嗎？不讓你來接的啊？」

「林老闆讓我來幫你開車，因為今天我們要去他另外的一處別墅，距離城區有點遠。」他說。

其實，我還很想讓陳圓和我一起去她父母家裏吃飯的，現在聽他這麼一講，頓時慶幸自己沒有提前告訴她。

不過，我還是給她打了個電話，「晚上我和我們院長一起吃飯，你早點吃吧，不要等我了。」

「我媽媽要來家裏吃飯。」她卻告訴我說。

「我實在回來不了，因為今天是林老闆請客，可能是他讓你媽媽來陪你的。」我說。

「哥，我覺得今天不大舒服，心慌得厲害。」她說道。

「還有其他不舒服的地方嗎？」我問，心裏並不緊張，因為我覺得她是想通過這種方式讓我早點回家。

「就是覺得心慌，其他的沒什麼。你去吧，一會兒我媽媽就來了。沒事，有她在。」她說。

「那你最好臥床休息，不要開空調。」我說道。

「嗯，你早點回來吧。」她說道。

果然是這樣，這丫頭。我在心裏笑道。

下班後，我直接去到章院長的辦公室請他，他還在忙。裏面除了設備處處長在，還有王鑫也在。

「小馮啊，你等我一會兒，十分鐘吧。」他對我說。

王鑫隨即說道：「章院長，我的事彙報完了，先走了啊。」章院長點了點頭。

我站在外邊的走廊上等候，王鑫出來後朝我打招呼：「馮主任，來，到我辦公室我們聊聊。你不是要等章院長嗎？」

我覺得自己站在這裏也有些尷尬，於是就跟著他去了。

他請我坐下，然後還給我泡了一杯茶，「老馮，聽說你不錯啊，把科室的事情搞得風生水起的。」

我心裏暗暗吃驚，「什麼啊？主要是秋主任在管呢，我只是配合她。」我說得模棱兩可，因為我不知道他剛才那句話究竟是什麼意思。

他朝我意味深長地笑了笑，「老馮，你的事情搞定了。」

說實話，他今天叫我「老馮」還真讓我不大習慣，不過，我明顯感覺到他對我的這種親近。

可是，他剛才的話讓我更加糊塗了，「什麼搞定了？」

「你們是不是才給醫院領導打了一個報告？準備買一台彩超？」他問我道。

原來他說的是這件事。

難道醫院領導真的答應了？我於是急忙地問道：「究竟是怎麼一個情況？」

「章院長下午召開了個會，通過了。由你們自己購買設備，醫院提取百分之三十的管理費，稅費你們自己支付。」

他繼續說，「呵呵，如果沒有通過的話，我也不敢亂說啊，你說是不是？」

「太好了，謝謝你告訴我這個消息。」我真摯地道。

他笑，「我們兩個還那麼客氣幹嗎？怎麼樣？什麼時候有空？一起喝酒？」

「以後再說吧，最近太忙了。你們把秋主任抽走了，我忙不過來啊。」我說。

「你找章院長什麼事情？」他忽然問道。

「說點事情。」我說，不想讓他知道晚上我和章院長的事情。

醫院也很複雜，上次蘇華的事讓我對自己眼前的這個人心存防範。

正說著，我的手機響了起來，是章院長的。

「我在醫務處。」我說。

「馬上下來吧，我已經出來了。」他說。

我急忙朝王鑫做了個手勢，然後飛跑下樓。

「小王告訴你了吧？」章院長見到我的第一句話就這樣問我道。

我點頭，「謝謝您，章院長。」

「現在醫院很困難。雖然我們每年有上億元的利潤，但是消耗也很大啊。設備採購、科室建設、職工福利、獎金什麼的，消耗掉了醫院利潤的大半。現在我們醫院的情況你很清楚，雖然地處繁華的區域，但是地盤太小，根本就擴展不開，病房的條件陳舊，病床數也太少。這些問題都必須慢慢解決。你們提出來自己集資購買設備的事情，本來從醫院長期發展來看是不適合的，因為那樣很容易造成醫院管理上的混亂。但是，在目前這樣的情況下，我們又別無選擇，因為醫院的發展需要那樣的設備。

「好在，你們申請得早。今後，我們不會再同意這樣大型設備採用集資的辦法了。小馮，請你給科室的醫生護士們解釋一下，醫院收取你們百分之三十的管理費是完全應該的，因為你們利用了醫院的招牌和病源，這其實是醫院的資源。」他隨即說道。

我點頭，「可以理解。」

「抓緊時間購買設備，時間拖長了會出問題的。我估計啊，明天開始就有很多科室要打報告到我這裏來了。不過，我還是那個原則，必需的設備、急需的設備可以。不說了，我們走吧。」他笑道。

「駕駛員在車上等著呢。」我說。

他頓時站住了，「我不是說就坐你的車嗎？」

「是我的車。不過，今天是在我岳父一處別墅請您吃飯。我沒去過，所以他派了一位駕駛員來開車。」我急忙解釋道。

當說到「岳父」這個詞的時候，我頓時覺得全身都不舒服。我也不知道自己這是為什麼。

「哦，這樣啊。」他這才再次移動了腳步。

很快就出了城，城北方向。

「還有多遠？」章院長問道。

「不遠了，就在前面那座小山的那一邊。」小李說。

「那裏以前不是水庫嗎？我很多年沒去過那地方了，現在開發成別墅了？」章院長問道。

「江南集團在前些年購買了那裏兩千畝土地，但是沒有完全開發。別墅也修得不多，只有幾棟，只是作為樣板擺放在那裏。」小李說。

章院長歎息，「你們老闆真是太精明了，今後城市肯定會發展到那地方去，現在的土地太值錢了，如果再放幾年的話，就更厲害了。」

「也不一定啊。現在省城的規劃好像是向城西和城南發展，那邊比較平。城北這邊發展要慢一些，而且，好像是未來的公園用地。我們老闆心裏正煩這件事情呢。」小李說。

「政府要把那裏作為公園的話，肯定會花錢買回去的啊，至少不會虧吧？」我問道。

「小馮，你不明白，政府對綠化、公園用地可是強行徵用，價格上很便宜，沒商量的，除非是調整規劃。」章院長說，「這樣就麻煩了，不過，我相信林老闆會想到辦法解決的。」

冬天的夜晚來得很早，我們到了山那邊的時候，已經完全天黑了。這地方確實有些荒涼，除了農戶還有燈光之外，整個後山幾乎是一片黑暗。

小李開車朝黑暗裏一直前進，終於在一棟別墅前停了下來。

這棟別墅很大，緊靠在水庫邊上。我看到了眼前的波光粼粼。冬天的波光粼粼並不讓人感到詩意，反而給人一種寒冷蕭瑟的感覺。

林易在別墅前等候。很明顯，汽車的燈光讓他提前知道了我們的到來。他的身旁站著上官琴，她在看著我笑。我發現她今天似乎比以往更漂亮了些。

我急忙介紹他們倆認識。

「久聞大名啊，林老闆，給你添麻煩了。」章院長爽朗地大笑。

「聽馮笑說你要來，我高興得不得了。人吃五穀雜糧，總要生病的，我又是男人，馮笑解決不了我的問題，正想認識章院長呢，哈哈！」林易也大笑。

我在旁邊苦笑。

章院長笑得更大聲了，「林老闆開玩笑了，我看你氣色這麼好，沒問題的。」

林易即刻請他進屋。

我跟在後面。

「很久沒見你了。」上官琴在我身旁低聲地對我說道。

「最近太忙了。」我說，隨即又問她道：「你最近也很忙嗎？」

「是啊，那個專案在進行設計，馬上要開始建設了，忙得我一塌糊塗。」她笑道。

「這女人啊，太能幹也不好。」我朝她笑。

「你真會說話。」她輕笑。

進去後，我才發現這處別墅才叫真正的別墅，它的空間極大，裏面的裝修風格很大氣，像歐洲那些城堡的風格。裏面還有不少人，不過都是服務人員。

「林老闆，你這地方可真不錯啊。」章院長讚歎道。

我也覺得很奇怪，「這地方平常都這麼多人嗎？」

「是啊，這一片土地我還沒怎麼開發，但是政府又規定，如果三年不開發的話，就要收回土地，所以，我就只好把這裏先修幾棟別墅，然後搞成農莊，種些水果什麼的，維持基本的費用了。」林易笑著說。

「好地方啊。」章院長再次讚歎道。

「可惜政府正準備收回去呢，現在調規很麻煩。」林易搖頭說，隨即問章院長道：「章院長，你有興趣沒有？我們共同把這裏建成一所療養院怎麼樣？我想，如果這樣的話，省裏可能會同意調整規劃的，這對你們和我們企業都有好處啊。」

章院長笑道：「林老闆的想法倒是很不錯。不過，我們是國營醫院，是非營利性質的，國家目前還沒有出臺相關文件，同意我們與私營企業合作。這很麻煩。」

「是這樣啊，我還不知道這樣的規定呢。呵呵！我們不談這個了，今天難得與章院長在一起吃頓飯，如果談生意就太掃興了。上官，晚餐安排好沒有？我們可以吃飯了嗎？」林易問道。

「早準備好了，今天晚上安排的是烤全羊，還有其他一些菜品。」上官琴笑著回答。

林易隨即笑著對章院長道：「我們這裏的烤全羊可是特色。說實話，我自己也很少吃到呢。平常太忙，沒時間到這裏來。章院長，一會兒你可得好好品嘗一下。

對了，上官，晚上我們喝紅酒吧，白酒太躁了。」

「好的。」上官琴微笑道。

我們隨即進到另外一個房間，依然是大大的房間，裏面竟然有歐式的壁爐，讓人感到溫暖。在房間的正中是一個大大的桌子，長方形的，木質有些古舊。

章院長看著眼前的桌子目不轉睛。

林易笑道：「這張桌子可有些來歷。是我特地從俄羅斯買來的，它曾經屬於上上個世紀俄羅斯一個貴族城堡。」

「難怪，我說看上去怎麼這麼古樸，而且質地也這麼好。」章院長笑道。

我們四個人坐在了這張桌子處。林易和上官琴坐在我和章院長的對面，服務人員開始上菜。最開始來的是一隻烤全羊，牠被烤得黃燦燦的，看上去很漂亮，而且還發出奇香，讓人頓時饞涎欲滴。隨後是沙拉、水果，還有三明治什麼的，反正不是中國菜。

「林老闆真是會享受啊，我想不到在我們江南竟然可以吃到這樣的西式菜品。」章院長笑道。

「我也不懂，都是他們張羅的。你們，快給章院長切烤羊啊。」林易即刻吩咐服務員道。

烤羊的味道確實不錯，香脆可口，味道非常的好。

林易舉杯，「章院長，來，我敬你。我要感謝你對馮笑的關照。這件事情是我做得不好，本來早就該親自去請你了，唉！最近公司的事情忙得一塌糊塗，上市的事情把我搞得焦頭爛額的，所以，請章院長原諒啊。」

章院長笑道：「林老闆客氣了。」他隨即淺淺地喝了一口，「啊，林老闆今天可真是破費了啊，你這酒價值不菲，我已經很多年沒有品嘗過這種酒的美味了。」

「章院長竟然懂酒？」林易詫異地問道，「今天喝的這瓶紅酒，是我前些年去法國的時候買回來的，確實很貴。其實我不懂酒的，只是把它放在這裏做擺設。今天，想到章院長是大知識份子，所以才拿出來讓你品嘗。太好了，看來我的這個決定沒錯，這酒找到懂它的人了。」

「我年輕的時候，在法國留學，所以，熟悉法國的葡萄酒。可惜的是，那時候太窮了，即使身在法國，也很難喝到這樣的好酒呢。還是我的導師請我喝過幾次，不過每次只有一點點。林老闆，你這酒可不得了啊，它可是法國波爾多地區的拉菲紅酒啊。不錯！太謝謝了，今天我可算是太有口福了。」章院長讚歎道。

我喝了一口，覺得並不怎麼樣，就是紅酒的味道，還有些苦澀。

林易笑道：「外國人就是那樣，財迷得很，喝酒的時候不要菜，還每次請人喝一點點。章院長，說實話，我是喝不出這酒的好處的，乾脆這樣，這瓶酒你們喝吧，我還是喝茅臺。」

我急忙道：「我也喝茅臺吧，我喝這酒完全是浪費，因為我也喝不出好壞。」

「我也喝白酒吧。」上官琴說。

「那怎麼行，我怎麼能獨享這樣的美酒呢？」章院長笑道。

「上官，你陪章院長喝紅酒，我與馮笑喝白酒，這樣可以了吧？」林易笑著說。

「小馮，你現在是科室副主任了，我今後安排機會讓你多出國，很多東西都應該學習才是。呵呵！林老闆，我可沒其他什麼意思。小馮很不錯的，不過，我覺得他更需要多見識一下外面的世界才行，你說是嗎？」章院長笑道。

林易點頭，「是這樣，太感謝章院長了。」

吃飯的過程中，基本上都是章院長和林易在交談，說的也大多是一些瑣事。我和上官琴都不好插嘴。我心裏暗暗地奇怪和著急，章院長明明對我講他找林易有什麼事情，但是他現在卻隻字不提，而且，林易竟然也不過問。

不過後來，在晚餐接近尾聲時，林易終於說了一句話，「章院長，我們今天認識了，今後就是朋友啦，你有什麼吩咐的話，直接告訴我好了，對馮笑講也行。」

「這次我也沒什麼重要的事情，只是久聞林老闆的大名，心裏一直很仰慕，最近聽說小馮和你是那樣的關係，所以就冒昧地提出想見你一面。呵呵！想不到林老闆這麼客氣，我心裏很感激，同時也有些過意不去。」章院長說。

「章院長這樣說就客氣了，你可能還不瞭解我，我這個人很喜歡交朋友的，如果章院長真的有什麼事情的話，直接告訴我好了，不然的話，我會對你有意見的。」林易笑道。

「一會兒我們慢慢談吧，還別說，我真的有事情要找你。」章院長道。

「行，我們吃完飯後慢慢談。」林易朝他舉杯。

吃完飯後，林易與章院長去到了樓上。

我看得出來，章院長是要迴避我和上官琴。

我和上官琴又吃了大約一個小時，林易和章院長才下來。

「章院長，我讓我的司機送你吧，我還想和馮笑說點事情，可以嗎？」林易對章院長說道。

章院長點頭，「行，謝謝你了。」

我們一起送章院長上了林易的那輛加長林肯，然後又回到了別墅裏面。

林易在看著我笑。

我好奇心大盛，「他找你說什麼事情？」

林易笑道：「你們這位章院長有意思。」

「他究竟找你什麼事情啊？」我更好奇了。

可是他卻並沒有回答我，而是反問我道：「馮笑，你瞭解你這位章院長嗎？」

我搖頭，「並不十分瞭解。不過，他是我領導，他提出來要見你，我也不好反對啊。他怎麼啦？向你提什麼要求了？」

他卻笑了笑道：「我答應了他的，暫時不告訴你，以後再說吧。呵呵！你放心，他的事情和你一點關係都沒有。」

我有些鬱悶，好奇心頓時困擾著我。不過，我不好再問他。

「馮笑，上官，我們一起說一下專案的事情。」他隨即說道。

我隨即吩咐服務員搬了三張椅子，放到了壁爐前面。我們三個人坐在了那裏。

「我有些擔憂。」林易說，「常廳長馬上要調離民政局了，專案的事情，我擔心出問題。」

「你問了沒有？接替她的人會是誰？」我問道。

他搖頭，「是省政府的一位副秘書長，我和這個人沒什麼關係。」

「常廳長和黃省長的關係擺在那裏，讓黃省長和那位副秘書長講一聲就是了。這樣不可以嗎？」上官琴說道。

我點頭，「對啊。」

林易笑了笑，然後意味深長地看著我。

我頓時明白了，「你的意思是讓我去跟常廳長講一下？」

「那個專案，我們前期投入了那麼多了，而且，馬上就要投入巨額的資金。如果今後出問題的話就麻煩了。那個專案本來不大，但是，在我們的運作下變成了大專案，所以，我們現在就沒有了退路。馮笑，這件事情你得儘快去對常廳長講才是。」林易說。

我想了想後，隨即說道：「你們不覺得這件事情有些奇怪嗎？她馬上要調離了，去接替她的，恰好又是省政府的一位副秘書長。你們調查過沒有？那位副秘書長與黃省長的關係怎麼樣？或許是常廳長特意向黃省長這樣建議安排的呢。我想，她肯定也很擔心這件事情的，因為朱廳長有前車之鑒，而且這個專案和她關係極大，她不能不事先做出安排。如果真的是這樣的話，我覺得還是你們去和她接觸的好，畢竟這是大家共同的事情。」

林易沉思著說：「有道理，很可能是這樣。上官，你馬上去調查一下，如果真如馮笑分析的這樣的話，你馬上去見常廳長，請她儘快安排時間和我見面。」

「馮大哥側面問一下常廳長，不是更好嗎？」上官琴說。

「當然可以，但是，她不一定會對我講更多的東西，因為官場上的事我畢竟瞭解不多，而且，她也不大願意和我多說那方面的事。」我說。

其實是我不想去過問，因為我擔心會為難常育。

「馮笑，有件事情我覺得應該給你講一下。」林易隨即說道，「作為企業，有時候很麻煩，因為我們不得不慎重行事。比如這個專案吧，以前我們通過你和常廳長建立了互相信任的緊密關係，現在她即將調離，對新上任的領導，我們就必須格外小心，因為搞不好，就會將我們與常廳長的關係暴露出來。但是，我們不去接觸新的領導又不行，而且，還必須得深入接觸。所以，這裏面就有著一種矛盾：不接觸呢，新來的領導很可能會為難我們；接觸呢，他一旦抓住我們的把柄，可能會借機把我們弄出局。其實，新來的領導如果真要搞我們的話，很簡單，首先是刁難，然後逼迫我們去賄賂他，而當我們賄賂了他之後，他馬上就向上級舉報。所以，我很為難。」

說了半天，原來還是要我去問問常育。

於是，我點頭道：「好吧，我從側面問一下常廳長，然後，你們再去和她具體地談。」

「其實，我何嘗不想直接去問她？但是，她不對我講啊！我發現，常廳長這個人變得越來越高深莫測了。你說，我們那個專案與她那麼深的關係，她為什麼就不直接告訴我們具體情況呢？」林易搖頭苦笑。

我想了想後說道：「這樣吧，我馬上和她聯繫，那我先回去了。」

林易看了上官琴一眼，上官琴即刻對我說道：「我送你吧。」

我搖頭，「不用，我自己開回去就是，今天沒喝多少酒。」

其實，從剛才林易對我說的話中，我有些明白常育為什麼要那樣了，所以，我不想上官琴參與到我與常育的談話中去。

「也行，那你慢點開車吧。燕妮和小楠在一起，你今天可以晚些回去。」林易說。

我點頭，心裏感覺怪怪的，我和常育之間的關係他應該不清楚，但是他剛才的話很曖昧。我只能這樣理解：他不是陳圓的親爹。

第四章

病人的數量就是錢

醫院同意集資購買設備，是因為醫院資金上的困難，
大家想過沒，醫院其實是把病源和市場給了我們啊。
我們是教學醫院，病人的數量就是錢。
如果我們集資購買這台設備放到別的地方，
那會是什麼樣的結果？恐怕十年也未必收回成本呢。

將車開出了別墅後，我即刻給常育打電話，「在什麼地方呢？」

「我現在有點事，一會兒給你打過來。」她說。

「好。」我說，正準備掛斷電話的時候，卻聽到她在問我道：「有急事嗎？」

「也不是急事，只是想問你點事。你忙吧，等你空了再說。」我說道。

「電話上可以說清楚嗎？」她問。

「其實就是你要調離的事，林老闆擔心你離開後事情會出現問題。」我說。

「你告訴他吧，沒問題。他問過我，我沒有回答他，因為我只相信你。今後別人問起這件事情，不要說我說過這句話。你就這樣告訴他，他會明白的。我最近比較忙，過幾天調令就要到了，接下來還要交接新舊工作。有空的時候，我聯繫你。好嗎？」她說道。

我當然明白了，「好的。」

「最近你有事多和洪雅商量，我們三個人才是一體的，明白嗎？」她又說道。

我覺得她的話也怪怪的。

一路上，我都在想常育話中的意思。我覺得，自己前面給林易的那個分析是對的。至於她最後那句話的意思，我是這樣理解的：她，我，還有洪雅，我們三個人的利益是一起的，她希望我不要靠林易太近。

當然，她指的僅僅是這個專案的事情。

隨即給林易打電話，把常育前面的原話告訴了他。

「看來你的分析是對的，為了慎重起見，我讓上官去調查一下。」他說。

「這樣吧，你把那位副秘書長的名字告訴我，我幫你問問。我有一個同學在省委組織部，是處長，他應該知道具體的情況。」我隨即說道。

「你和他關係怎麼樣？」他問。

「應該還不錯吧。」我說。

「好。」他說道，隨即把那個人的名字告訴了我。

我隨即給康得茂打電話。

「我和常廳長在一起，她在請我們副部長吃飯。這樣，一會兒我到你家樓下的茶樓來，我正有事情要找你呢。」他說。

「好吧，大概還要多久？」我問道。

「半小時吧。」他說。

「那正好，半小時後我可能也剛剛到家。這樣，我直接去那裏等你。」我說。

「這樣，就去上次喝酒的那地方，我們倆再喝點。」他說。

我連聲答應，心想，這傢伙肯定是調動的事情搞定了，所以想私下慶祝一下。

到社區樓下的時候給陳圓打了個電話，「我回來了，現在和康得茂談點事情，就在樓下。你讓你媽媽早點回去休息吧。你還好吧？身體沒什麼問題吧？」

「嗯。」她說。

「我一會兒就回來。沒事，就是跟你講一聲。」我說完，隨即掛斷了電話。打這個電話的目的沒有其他，只是為了求得一種心安。電話掛斷後，我心裏果然安穩了許多。

康得茂很快就到了，滿臉喜氣，我已經點好菜，幾樣看上去還不錯的下酒菜。

「太好了，我喝了一肚子酒，基本上沒吃東西。」康得茂看到桌上的菜後大喜。

「你不是來喝酒的？」我笑著問道。

「我今天和領導在一起，根本就沒吃東西，肚子裏全是酒。你忍心讓我繼續喝下去？」他說。

「好吧，那你趕快吃點。」我笑道，「怎麼樣？你和常姐的事已經決定了？」

他點頭，「她任通南市市委書記，我去給她當辦公廳秘書長。馮笑，謝謝你，如果不是你的話，我怎麼可能一下就從副處升到正處？而且，你還讓我賺了那麼多的錢。」

我心裏很高興，「我們之間還那麼客氣幹嗎？」

他搖頭歎息，我看著他，「老婆的事情怎麼樣了？你問過常姐沒有？」

「常廳長的意思是說，讓我暫時忍一下，等任命下來後再說。馮笑，你說這個社會是怎麼了？開始的時候，我以為娶漂亮老婆風險大，結果，我就娶了這麼一位相貌平庸的老婆，沒想到，她出軌了！這究竟是什麼世道啊？」他搖頭苦笑。

我一怔，隨即也苦笑。

他在那裏大快朵頤，吃得津津有味，「馮笑，我想麻煩你一件事，請務必幫我一下。」

「說吧。」我當然不會拒絕。

「我想和我的孩子做一下親子鑒定，但是，我自己不想出面。據說可以通過我和孩子的頭髮鑒定，你是醫生，這樣可以嗎？」他問我道。

我點頭，「我問問。」

「那好，麻煩你幫我一下，謝謝你。不過，請你千萬不要告訴任何人，好嗎？」他說道。我忽然感覺心裏異常的沉重。

我是男人，完全可以理解和體會康得茂心中的那種傷痛。

男人都是這樣，可以為自己的出軌找出千般理由，但絕不能允許自己老婆紅杏出牆。因為這已經不僅僅是道德問題了，而是關乎男人的尊嚴。

如果是我遇到他這樣問題的話，直接離婚就是了。然而，康得茂是官員，婚姻是他政治生命的一部分，所以，在仕途未卜的情況下，他必須忍受這種屈辱。這才是他內心最無奈的內傷。

而現在，他做親子鑒定的目的，或許並不僅僅是懷疑，更多應該是為離婚找出有力的證據。我或許會幫助他。

晚上，我們一直在喝酒。

自從把那個裝有毛髮的信封交給我後，他就幾乎沒話了。我也不好再說什麼，只是一杯接一杯地陪他喝。

後來，是他主動提出結束喝酒的。

「馮笑，謝謝你。在這座城市裏，我真正的朋友就只有你了。我很高興，我本以為自己這輩子不會有真正的朋友了呢。」

「為什麼這樣說？」我詫異地問。

「以前我很自卑，後來我的自卑消除了許多，但卻又不敢去相信任何人。我找到你，其實是我中學時代對你的那種認識，那時候我就覺得你和其他同學不大一樣。你為人豪爽、真誠，現在，看來你一點沒有變。」他說。

「我在內心裏也把你當成朋友的，因為你很坦誠。」我說。

「我看得出來，不然，你不會這麼晚了還打電話給我。對了，有兩件事情。第一件事情，我覺得我們的錢需要漂白一下才放心。你想想，看有什麼方法沒有？第二件事情，我們中學的母校馬上要校慶了，你收到請柬沒有？」他問我道。

我搖頭，「沒有，我一個小醫生，學校怎麼會記得我呢？」

「他們應該記得的。」他笑道，「因為省城這邊的校友是我在統計，到時候，由我發請柬。」

「算了，還是別給我發吧，我不會回去的，我對我的那個母校沒什麼感情。在我的印象中，自己的中學時代就是在做練習題，每時每刻都在做練習題。還有，老師們對優秀學生很偏愛，對成績差的學生就鄙視。」我說。

他頓時笑了起來，「想不到你記住的竟然只有母校不好的地方。呵呵！可以理解。對了，聽說歐陽童捐了不少錢給母校，我想不到這傢伙如此大方。」

歐陽童？我猛然地怔住了，隨即問道：「你見過他了嗎？他親自回母校去捐的？」

他搖頭，「我只是聽說。據他的父母講，他多年前就去國外發展了。」

我頓時明白了一切。我想，歐陽童可能已經不在這個世界了。由此忽然想到了趙夢蕾，心裏頓時一動，「得茂，趙夢蕾留下了一筆錢，到時候我想替她捐了。不過我有個條件，就是一定要以她的名義捐獻給母校。」

他歎息道：「行，這件事情我來辦。不過，她的事情母校不可能不知道。你放心吧，我會辦好的。你有什麼想法，到時候告訴我好了。對了，你以前好像告訴過我，歐陽童在省城是吧？怎麼他的父母說他在國外呢？」

我當然不可能告訴他歐陽童真實的情況，即使他是我最好的同學加朋友，因為這涉及歐陽童的隱私。在這一點上，我必須遵守醫生的職業道德。

趙夢蕾的事情就是在這天晚上臨時決定的，我覺得這樣安排最好。

那天晚上，康得茂在離開之前還說了一句話，「前面我說的關於投資的事情，一定要慎重，你我都不可能去實際操作某個專案，錢投進去了，如何管理才是最關鍵的，不要為了漂白，而漂得一分錢不剩了。」

我深以為然，「是這樣，不過，我確實沒辦法，因為我不是做生意的人，慢慢來吧。得茂，我倒是覺得，那筆錢應該還是合理合法的吧？」

「什麼合理合法啊？沒有常廳長的關係，那筆錢可能屬於我們嗎？」他笑著說。

我頓時怔住了。

「這是我的卡。提醒你一下，你可以拿去投資房產。我相信你，密碼和你的那張一樣。」他將一張銀行卡朝我遞了過來。

我更加感動。

第二天，我給童瑤打了個電話，「麻煩你幫我介紹一家做親子鑒定的地方。」

「我們法醫中心就可以。怎麼？你不相信你現在的妻子？」她問道。

我哭笑不得，「你怎麼盡想我不好的事情啊？是我朋友的事。」

「呵呵！和你開玩笑的。你來吧，我帶你去。」她說。

現在我負責科室的工作，所以，可以隨時離開。於是，我很快就開車去到了童瑤那裏。

她看見我的時候，誇張地道：「哇！真是不一樣了啊？這麼好的車。」

我只是笑了笑，隨即把樣本給了她，「一個朋友的，他不想讓別人知道。」

「我還真的以為是你……呵呵！你別生氣啊，你們學校那邊不就可以做這項檢查的？我還以為你擔心別人知道呢。」她笑著對我說。

「我還真不知道我們學校有呢。」我苦笑著說。

「看來你夠閉塞的。」她笑，隨即朝我伸手。

我詫異地問：「什麼？」

「錢啊，你以為白白給你做啊？即使是內部的，也得給成本價吧？我們這裏的法醫中心可不是我家開的。」她笑道。

我很不好意思，「對，我給，多少啊？」

「八百，其他人一千二。」她說，隨即朝我笑道：「替你節約了四百，怎麼樣？請我吃飯好不好？」

「好，不過今天不行，下午我還要開會。」我說。

「開玩笑的，其實應該我請你才是，可惜我太窮了。」她笑道。

「你們當員警的不會那麼窮吧？據我所知，你們都有自己的第三產業的，比如歌城什麼的。」我說。

她一怔，隨即歎息，「你以為我是那樣的人嗎？」

「大家都在幹，你為什麼不幹呢？我聽說什麼夜總會、洗腳城、洗浴中心什麼的，都是你們內部的人在罩著呢，一個月至少十來萬的收入。」我說。

「別人怎麼做我不管，但是我不會那樣去做，因為我始終相信一點，有些事情，不可能永遠那樣下去。而且，我是女人，那樣的事情，我去幹合適嗎？算啦，就這樣過吧，餓不死撐不飽的也不錯。」她說，隨即嫣然而笑。

下午我確實有事，因為我要召集全科室的人開一次會，專門就彩超購買的事情徵求一下大家的意見。

為此，我特地把秋主任請了回來，她畢竟還是我們科室的正主任。

這次的會讓我有些得意洋洋的感覺，「告訴大家一個好消息，醫院領導意見批准了我們購買彩超的事情。」

大家頓時都高興起來。

我繼續地道：「不過，醫院要抽取今後利潤的百分之三十作為管理費，我們還得交稅。」

「憑什麼啊？醫院這樣不是明目張膽地搶錢嗎？」有人頓時不滿起來，結果引來了許多人的附和。

我在心裏苦笑，其實人都是這樣，往往在利益還沒有得到之前，就喜歡斤斤計較、患得患失。

「大家聽我說完。」我拍了兩下巴掌，聲音加大了些，「大家想一想，以前，我們都使用醫院的設備，每個月醫院根據全院的效益，分我們一點點獎金回來。現在，醫院同意我們集資購買設備，固然是因為醫院資金上的困難，但是大家想過沒有，醫院其實是把病源和市場給了我們啊。我們是三甲醫院、教學醫院，病人的數量就是錢。大家想想，如果我們集資購買這台設備放到別的地方，那會是一種什麼樣的結果？恐怕十年也未必收回成本呢。所以，醫院收取管理費是應該的，百分之三十也不高嘛。大家說，是不是這個道理？我們科室四十來個人平分下來，每個人的損失也不多，是吧？」

大家都不說話了。我看著所有人，「這下大家理解了嗎？還有意見沒有？當然，集資是自願的，你們當中誰不願意集資的可以，其他人多出一點錢就是了。不過，我希望大家都參與，因為這個利潤是明擺著的，如果現在不願意集資，今後後悔，也不好解決了。」

「沒意見。」有人說道，隨後大家都說沒意見了。其實很多人是沒有主見的，往往容易跟風，由此可見，領導是多麼的重要。

「既然大家對這件事情沒意見，那我就說第二件事情。現在，醫院已經同意我們集資購買設備，我們就要自負盈虧，如果我們虧損了，醫院肯定不會給我們賠錢的。這件事情我就不再說了，因為從目前看來，賠錢的事情是不會出現的。

「現在的問題是，我們必須儘快購買設備。究竟購買什麼品牌，價格談判等事情，馬上就要進行了。我們科室是第一個提出集資購買設備的，如果我們遲遲不購買，一旦其他科室蜂擁而起，政策很可能會發生改變的。此外，東西買回來了安裝在什麼地方？是門診好，還是病房好？這些問題都需要聽從大家的意見。」我又說道。

大家都不說話。

「這樣吧馮主任，你先說說你個人的想法，如果大家都沒意見的話，就按照你說的去做就是了。」秋主任對我說道，隨即又對大家說：「我覺得馮主任說得很對。先把東西買回來，抓緊時間才是最重要的。只要原則上沒什麼大問題就行，我們沒必要在細節上糾纏。馮主任是我們江南首富的女婿，他自己很有錢，這件事情完全是他替我們大家著想，替我們去爭取的，所以，我覺得設備的購買就請馮主任決定好了，我擔保他不會從中吃回扣的。」

所有的人都笑。

我心裏很反感秋主任關於我是「江南首富女婿」的稱謂。不過，她既然這樣說了，我也就方便說下面的話了。

「既然秋主任這樣講了，我看大家也沒有其他的意見，那我就把我個人的想法講一下，然後請大家討論。

「關於設備的選擇，我的想法是，一定要大品牌，而且價格相對便宜。品牌產品注重品質，今後我們在使用的過程中，不至於經常出現問題。價格嘛我就不說了，我們把價格壓得越低，大家相對就少出錢。這件事情我想這樣，秋主任，我，還有護士長，咱們一起來決定。不知道，大家有意見沒有？」

「就你和護士長商量吧，我信任你們。」秋主任說道。

「馮主任代表科室，也代表醫生，護士長代表的是護士這一邊，沒問題。」大家都說。

我心裏暗喜，因為這樣一來，余敏的事情我就基本可以做出決定了。其餘的事，大家也沒說什麼。事情就這樣通過了。

會開完後，我回到自己的辦公室，剛剛進去就接到了一個電話，「馮主任，晚上有空嗎？」是王鑫打來的。

「今天不行啊。」我說，心裏在想：這傢伙又想幹什麼？

「我一個朋友是做醫療器械的，怎麼樣馮主任？可以考慮嗎？」他笑著問我道。

「我剛剛開完了會，這件事情要全科室同意才行。這樣吧，你讓你那朋友儘快把相關資料和報價給我吧，我會儘量考慮的。」我回答說，心裏卻有些反感這個人。我覺得，他簡直是無孔不入，而且品格上有問題。上次蘇華的事情，直到現在都讓我對他心懷不滿，但是，我不想當面給他難堪。

「什麼時候來找你？」他問道。

「越快越好，三天之內吧。」我說。

「行，那我讓他們明天來找你。」他說。

王鑫派來的確實是一位美女，還和我一起吃過一次飯。我記不得她叫什麼名字了，不過，我對她很客氣。其實現在，我也需要將不同的產品拿來作比較，我覺得這樣的話，今後更好說話，對我、對余敏都是好事情。

余敏拿來的產品是西門子的，而王鑫介紹的這個美女，拿來的資料是日本東芝的產品。我首先就有些排斥日本人的東西。

「彩超品牌中最好的就是日本東芝的了……」她開始介紹。

我看得出來，這個東西確實不錯，而且她比余敏更專業。但是我不想要，這一點只有我心裏知道。

我朝她微笑，「好東西我們當然會優先考慮，畢竟我們是大醫院嘛，肯定會使用品牌機的。對了，你們的報價是多少？」

「一百八十萬。」她說，「這是我們賣給其他醫院的最低價。」

「價格有些高，我們是集資購買。」我說。

「東西不一樣啊，一分錢一分貨呢。」她說，「馮主任，你放心好了，事成之後，我們會感謝你的。」

我搖頭，「你等等。」隨即拿起座機給護士站撥打，「請護士長到我辦公室來一趟。」

護士長很快就過來了，我對她說道：「護士長，你看看這份資料，我覺得東西倒是不錯，從外觀設計到技術參數都不錯。對了，你再給護士長介紹一下，這件事情是我和護士長共同研究決定。」

於是，她又講了一遍。

護士長聽完後說道：「好像是不錯啊，不過價格太貴了。我們是集資購買，不是公款，這個價格可能不行。」

我點頭，「是的，有這個問題。」

「我們可以優惠一點，不過不能太低，太低會擾亂市場的。」那位美女說。

「最低可以到什麼位置？」我問道。

「百分之五吧。這樣一來，我們就沒什麼利潤了。」她說。

「我們研究一下吧。護士長，她是醫務處王處長介紹來的。」我說。

護士長點頭，「馮主任，你定吧。」

我沒想到，她竟然一下把皮球踢到了我這裏來了，「這樣吧，等我們再看看幾家，看看其他的品牌和報價後再說吧。護士長，你說呢？」

「嗯，應該這樣，畢竟這件事情是全科室的事。」護士長說。

「那就這樣，我們看看再說。現在，我只能這樣回答你，在同等價格、同等品牌品質的基礎上，我們會優先考慮你們的產品。」於是，我對這位美女說道。

她欲言又止。

我假裝沒看見，「護士長，還有件事情我想和你商量一下……」

她只好告辭離去。

「馮主任，醫務處王處長和你關係很好是吧？」護士長問我。

我搖頭，「關係好不好，和這件事情有什麼關係？我們需要考慮的只有兩點：品牌、價格。你說是嗎？」

她點頭，「就是，這個姓王的也真是，領導都沒打招呼，他算什麼啊？」

「從剛才她介紹的情況來看，東西倒是不錯，價格也差不多。不過，我覺得你說得很對，畢竟我們是集資購買，而且你我都知道，醫療器械起碼有百分之二十的利潤，所以，我覺得至少得降百分之十五才合適。百分之十五就接近三十萬啊，我們每個人就可以少出好幾千呢。」我說道。

護士長點頭。

「人員的安排一定要抓緊時間，特別是派出去學習的人，費用先由科室裏的創收墊付。」隨即我又說道。

「馮主任，我有個想法。我們不是本身就有B超室嗎？我覺得，我們可以從那裏面抽調一個人出來，先去學彩超，這樣快些。然後，在今年的畢業生中要一個影像專業的，這樣就可以暫時解決這個問題了。」她說。

我想了想，「行，就這樣。到時候，我給醫院打個報告要人。不過，兩個人肯定不夠。你的意見很好，我們可以採取輪番培訓的方式，不然到時候忽然有個人生病，或者有急事請假什麼的，就麻煩了。」

「是的。」她點頭。

護士長離開了。

我一直沒有對她講余敏那份資料的事情，因為我覺得還不到時候。

第五章

假公濟私

與莊晴通完電話，我對她的思戀開始強烈起來，
我四周的空氣好像充滿了她的氣息，
讓我心裏實在克制不住想要去看看她。
我不自禁提出到重慶考察的問題來。
此時，我心裏也擔憂這一百多萬是否花得值得。

莊晴的電話一直打不通。這讓我感到有些鬱悶。

我聯繫莊晴有兩個原因，一是我想知道她現在的情況，二是想完成章院長交辦給我的任務。其實最根本的是，我知道自己想她了。

我發出的簡訊一直杳無音訊，到了晚上，我才接到她的回訊：在外地拍戲，感冒了。

我看後欣喜萬分，同時也很擔憂和心痛，急忙回覆。

我用手機發簡訊的速度很慢，所以，我們的交談花費了很長的時間。不過，我覺得這種交談與打電話不大一樣，這種方式更溫馨。

第二天上午，余敏給我打了個電話，她問我情況怎麼樣了。

我說：「別著急，你最好少來找我，你放心好了，沒問題。」

「公司準備讓你們去北京考察一下，到有我們產品的醫院實地看看。」她說。

我心裏頓時一動，「重慶有醫院在使用你們的產品嗎？」

「怎麼？你想去重慶？」她問道。

我在心裏讚歎她的聰明，「是啊，你問問。」

不一會兒，她給我再次打來了電話，「還真有，我陪你去吧。」

「事情是我和護士長兩個人一起研究決定的，我問問護士長再說。如果護士長要去的話，你可要注意了，千萬不要讓她看出我們之間的關係。」我說。

「你是科室主任，關護士長什麼事？反正到時我們價格最便宜就是。」她說。

我忽然想起一件事來，「余敏，你們低價銷售，不擔心造成市場價格混亂？」

「到時候，合同上不那樣寫就行了。馮大哥，你說得很對，價格不能太低，不然，同行業的人會聯合起來抵制我們的。」她說。

「沒有價格優勢，我不好說話。你說吧，最低多少？我心裏也好有個數。」我心裏雖然理解她，但還是不大高興。

「不能低於一百五十萬。馮大哥，這是底線。我也是第一次做設備，上次我告訴你的底價，你不要對任何人講啊，求你了。」她說道，很著急的語氣。

「好吧，考察的事情再說。」我說道。

然而，我沒有想到，我們科室要集資買彩超的事情傳得那麼快。就在當天，我和護士長那裏就接到了許多資料，各種品牌都有，國產的占大多數。國產的報價很便宜，都在七十到八十萬之間。

「很明顯，科室或者醫院裏的人講出去的。」我對護士長說。

「國產的要便宜一百萬左右。」護士長說。

我聽得出來，她傾向於國產品牌。我們很多人都喜歡買打折的商品，或者廉價的商品，女性尤其如此，所以，我完全理解護士長為什麼要那樣提醒我。

不過，我的想法和她的不一樣，這裏面不僅僅是因為余敏的因素。

於是，我說道：「護士長，雖然我們是自己集資，但是醫院的水準在這裏，我們不能搞出麻煩來讓醫院難堪。不是我看不起國產的東西，事實上，在技術上，國產品牌確實要比進口的差很遠，這一點你不會懷疑吧？還是要錢才識貨，不然，為什麼國產的要便宜近一百萬？如果國產品牌中途就壞掉了，或者時不時就要去修理，會對我們造成多大的損失啊？所以，我們千萬不要只看眼前，不要因小失大。你說是嗎？」

護士長連連點頭，「還是馮主任考慮得長遠。行，我們不考慮國產品牌。」

「我手上有一份資料，是西門子的。價格我談得差不多了，比其他的便宜十來萬呢，說不定一百六十萬能拿得下來。如果你沒意見的話，我們就定下來。這件事情不能拖了，再拖就會出問題的。我看這樣，我們再開一次會，把這件事情定下來算了。本來西門子公司還邀請我們去北京考察的，我想也算了，我們再拖的話，醫院領導出面可就麻煩了，要是非得讓我們一百八十萬買的話，怎麼辦？吃虧的還不是我們？你看，王處長不是已經叫人來了？」我趁機說道。

護士長滿口稱是。

「這樣吧，下午的會你開一下，我暫時不出面，萬一有什麼情況，我再出面來說。這樣的話，還有餘地。這是西門子的資料，你看看。」接下來，我說道。

可能是我的話說服了她，所以，她完全沒了主意，現在，我說什麼她都聽了。

下午，護士長在召集科室開會，而我則在自己的辦公室裏面接聽莊晴的電話。

「感冒好了沒有？」我問她道。

「好些了，想不到重慶的冬天也這麼冷。」她說。

「你們怎麼會去重慶拍攝啊？」我詫異地問。

「諜戰片啊，抗日戰爭時期重慶是陪都啊。」她回答。

「我真想來看你。」我柔聲地道。

我說的是真心話，因為我的心已經飛到她身旁了。

「來吧，我們劇組好多美女哦，而且，重慶的火鍋很好吃。來吧，我請你。」她說，同時在笑。

「我看看能不能安排出時間，而且，還得找一個充分的理由。現在科室我負責，秋主任主要負責不育中心那邊了，出差的話，總得有個理由吧？」我說。

「陳圓怎麼辦？她可是懷了孩子的。馮笑，雖然我也很想你來看我，但我還是很矛盾。算了，當我開玩笑得了。你現在不一樣了，是科室的負責人，同時又馬上要當父親了。」她在電話的那頭歎息。

我心裏也忽然低沉起來，不過，我並不想表現出來，「莊晴，幹嗎呢？本來好好的，我們不就通個電話嗎？幹嗎搞得都不高興起來了？」

「也是啊，還不是怪你，非得說什麼要來看我的話。雖然我也很想你，但是想到你不可能過來，也就算了。整天忙著拍戲，關掉手機讓自己與從前的朋友隔離起來，也不錯。可是誰知道你會發簡訊了呢？你讓我心裏難以寧靜啊。馮笑，你很討厭知道嗎？我恨你了。」她在電話裏嬌嗔地道。

我心裏的柔情頓起，而且對她的思戀之情也猛然濃烈起來，「你什麼時候拍完這部戲？到時候，儘量回江南一趟吧。」

「現在我可是身不由己了。聽導演說，戲拍完了還要與電視臺搞一些宣傳活動，反正，會一直忙下去的。」她說。

我問她：「你喜歡這樣忙嗎？」

「喜歡，我覺得這種忙比我當護士時候的忙愉快多了。」她笑道。

我熟悉她銀鈴般的笑聲。

「那就好，你喜歡就好。」我說，心裏也很高興。

「你呢？你還是那麼喜歡你的工作嗎？」她問。

「我不做這工作還能幹什麼呢？」我笑道，「我天生就是勞碌的命。哦，對了，章院長讓我代他向你問好。莊晴，我不知道你為什麼不喜歡他，但他畢竟是你的長輩，而且，他那麼關心你，所以我覺得，你還是應該主動聯繫他才是。他可是好幾次在我面前提到過你了，而且，還專門把我叫到他辦公室裏去了。」

「他知道我們之間的關係？」她問道，聲音有些冷。

「不知道。」我說。

「他還說什麼？」她問道。

「他說他很想瞭解你現在的情況，還對我說，如果你回江南的話，告訴他一聲。」我回答說。

「看來他真心悔過了啊。」她在電話裏面冷笑。

她的冷笑讓我感到了一陣寒意，一種前所未有過的寒意，「莊晴，你怎麼啦？他不是你長輩嗎？你怎麼這樣說？」

「沒事。好了，導演來了，我們要去歌樂山。馮笑，有空我會給你發簡訊的。

你有空也給我發啊。拜拜！」她說，隨即是忙音。

我拿著電話發愣。我不知道莊晴究竟為什麼那麼說章院長——看來他真心悔過了啊——這是什麼意思？章院長以前做錯過什麼？

護士長來了，她說一切問題都解決了，還說，大家都在讚揚我呢。我淡淡地笑。現在這個社會都很現實，你給大家帶來效益，他們當然會讚揚你了。

「那就簽合同吧，合同得請秋主任簽字，她畢竟是我們科室的第一負責人。」我說。

「你跟她講吧。」護士長說。

「你跟她講吧。我還是那句話，萬一不行的話，我再出面。」我說。

她點頭後出去了。

我即刻給余敏打電話，「準備好合同。」

「多少價格呢？」她問。

「你不是說了嗎？一百五十萬。」我說。

「早知道我就說一百六十萬了。」她不大高興的樣子。

我頓時生氣了，「余敏，做人不能得寸進尺，明白嗎？」

「馮大哥，我不是那個意思，你別誤會。」她急忙地道，「我明天過來吧，我得到公司去準備合同。」

「好的。」我深深呼吸了幾次，不讓自己再憤怒。不過，她的話倒是提醒了我。合同，這東西可不能開玩笑，「余敏，今天晚上可以把合同準備好嗎？」

「可以啊，馮大哥，晚上我給你打電話吧。」她說，然後笑。我感覺她笑的聲音有些古怪，頓時明白她誤會了我的意思，急忙地道：「我沒其他意思啊，只是想請一位律師提前把合同看一下。」

「馮大哥，我們的合同不會有什麼問題的，你放心好了。你有其他意思也沒關係啊？我不是說過了嗎？只要你需要，我隨時可以來陪你的。」她笑著說。

我不想和她說什麼，「這是科室的事，我可不想出現任何問題。」

「馮大哥，你這話是什麼意思？難道你以為我會害你嗎？」她不高興起來。

我的話儘量委婉，「余敏，假如你站在我的角度上思考一下，可能也會和我一樣擔心這個問題。這是我們科室第一次集資購買這麼昂貴的東西，科室裏每個人都出了錢的。如果你們提供的產品出了問題，我就太對不起大家了。我知道，現在的進口東西問題不少，水貨、二手貨什麼的都有，所以，合同的完善與嚴密就非常重要了。你說是不是？」

「馮大哥，你不說，我倒是沒想到這一點。這樣吧，我給公司這邊講一下，晚上我請我們公司老總一起來，這樣你放心了吧？」她說。

「好，我這邊準備請江南集團的法律顧問來。人家是知名律師，應該很有經驗。余敏，你不要怪我啊，這次我可是真心在幫你。你也知道，這次送到我們科室的各種彩超資料一大堆，我可是想了很多辦法，才讓大家同意進你們產品的，也許因為這件事情，會得罪醫院相關領導呢。所以我必須更謹慎，如果搞出麻煩來就不好了。」我說。

「馮大哥，我知道的。我馬上去把合同準備好。」她說道，很感動的語氣。

我隨即給上官琴打電話。

下班的時候，余敏說合同準備好了，還說她們公司的老總要請我吃飯。我想，既然已經決定和她簽合同了，吃頓飯應該是沒什麼的。於是，我問了她吃飯的時間和地方，隨後又告訴她：「我這邊加上我，可能有四個人。」

「好的。」她說，「晚上也算是慶賀一下吧。」

「我們在場，慶賀不好吧？」我說。

「那事情談完了後，我們倆去慶賀吧。」她說。

「不了，我得回家。」我直接拒絕。

「馮大哥，你厭煩我了？」她的聲音幽幽的。

「別說這個好不好？今天晚上，所有目的就是要把你的事情決定下來，你還不滿意啊？對了，到時候你說話可要注意啊，護士長要和我一起來的。」我說。

「你放心吧。」她在電話裏笑，笑聲如銀鈴，乾淨而清朗，讓我即刻想起曾經那個時候的她來。

余敏公司的那位老總看上去年齡不大，不過太瘦小了，抽煙特別厲害，我擔心這人是否在吸毒。但是，喝酒的時候他卻豪爽萬分。

剛開始見面的時候，我就說明了意圖，「今天先談合同，談完沒問題了咱們再喝酒，這樣大家都高興。」

江南集團的法律顧問仔細看了合同，隨即笑道：「沒什麼大問題，這是範本合同，只有一點，就是價格。我看了合同裏的規定，規定說，價格包括未來兩年的維修和保養的費用。據我所知，醫療器械的維修和保養，應該在五年以上，是吧？」

「是沒有明確的規定，雙方商定的。一百五十萬的價格，我們只能包兩年的維修和保養。」那位經理說。

我不動聲色，因為我知道，這也是合同價格的關鍵所在。

「兩年是短了點。」護士長說，隨即來看我。

我笑了笑後說道：「作為西門子品牌來講，至少在五年的使用期間不會出什麼問題吧？除非你們提供給我們的產品是次品。不然的話，你們幹嗎不同意簽訂五年的保修期呢？」

「馮主任好厲害！」那位經理說道，「看來，我們不簽五年也不行了，不然問題就嚴重了，因為馮主任開始懷疑我們產品的品質了。哈哈！」

「其實兩年也好，五年也罷，那只是一個承諾罷了，如果你們的產品品質好，其實都無所謂。但是，我們總希望品質能夠得到保障，是吧？」我笑著說。

「馮主任，這裏面有一個問題。」那位經理說，「你們是集資購買，所以，在價格上，我們讓步很大。但是，這裏面有可能存在這樣一種情況，那就是，你們超負荷運轉機器，這樣一來的話，對機器的磨損肯定就嚴重了，所以，我們才提出了兩年的保修期。」

我頓時笑了起來，「作為三甲醫院，我們哪一台設備不是在超負荷運轉？病人有那麼多啊，沒辦法的事。而我們其他設備簽署的保養和維修期不也都是五年？」

「律師先生，你認為合同的其他條款還有問題嗎？」那位經理問道。

律師搖頭道：「其他的倒是沒什麼問題了。品質保證，出廠日期的限制，參數什麼的，你們都一致認同了。除了剛才我提出來的這個問題外，其他我看不出有什麼問題了。馮醫生，你自己再看看吧。」

「其實還有一個問題，就是使用的效果。這個問題，本來我們應該先去考察，然後再作出結論，但是現在醫院的情況很複雜，我們好不容易才爭取到了這項政策，我擔心夜長夢多，所以，我有些猶豫。」我隨即說道。

其實，在我與莊晴通了電話之後，我對她的思戀便開始強烈起來，以至於我四周的空氣都好像充滿了她的氣息，讓我心裏實在克制不住想要去看看她。所以，在這個時候，我不自禁地提出了這個問題來。與此同時，我心裏也有一種擔憂，我擔憂這一百多萬花得是否物有所值。

「這樣吧，馮主任或者護士長可以去配備了我們產品的醫院去考察一下。回來後，我們再簽訂合同也行。」那位經理笑道。

「我陪馮主任走一趟吧。」這時候，余敏笑道，「重慶有兩家醫院買了我們的產品，雖然是那邊公司做的，但是，我們可以馬上聯繫他們。此外，北京、上海等省會城市的三甲醫院，都有我們的東西。」

「我去重慶，明天去，後天就回來。護士長去一趟北京吧，你們公司派人陪同一下。」我想了想後說道，「如果沒問題，等我們回來就簽約吧。」

晚上回家後，我告訴陳圓自己要出差的事情。她有些不大高興，「現在這時候你出差幹嗎？還有兩個月我就要生孩子了啊，萬一出現問題了怎麼辦？」

「沒事，你好好休息就是。我給保姆和你媽媽講一聲，讓她們多注意一下你。」我柔聲地對她說道，心裏在猶豫：明天非得要去嗎？心裏隨即又對自己說道：不就一天嗎？既可以看看那東西在那邊的使用情況，又可以順便去看看莊晴，多好的事情啊。

整個晚上都在矛盾。

然而第二天，余敏的一個電話頓時讓我沒了其他選擇——「我已經訂好了去重慶的機票了。」

「你也要去？」我問道。

「當然啦，你要去重慶，我不陪你誰陪你啊？」她笑道。

「我是去見一位朋友。」我說，心裏覺得她去的話，有些彆扭。

「我陪你過去，然後去醫院，你要見朋友，我就自己去逛街。反正我也沒去過重慶，這樣多好？」她笑著說。

我覺得這樣安排倒也不錯，於是問道：「什麼時間的飛機？」

「晚上七點過的飛機，到重慶九點多。明天一早我們去醫院，下午你去見朋友，我去逛街。明天晚上有好幾班飛機，什麼時候回來都行。」她說。

「那誰陪護士長去北京？」我問道。

「公司另外安排了人，一位帥氣的小夥子。」她回答。

我覺得有些不大對勁，「帥氣的小夥子？陪護士長？你們搞什麼？美人計？美男計？」

她大笑，「馮大哥，虧你想得出來。不過，有句話叫做同性相斥、異性相吸，你和護士長出去一趟，我們總得讓你們心情愉快吧？何況我們……」

「好了，那我們晚上一起上飛機吧。我提前下班回家準備一下，五點鐘我們會面。」我急忙道。

她話中的意思我心裏清楚得很，我不禁歎息：我和她之間不可能就這樣結束。不過，我心裏卻忽然地有了一種蕩漾的情緒，甚至還在期盼。

我離開家的時候，陳圓在流淚，我心裏軟了幾次。不是因為要暫時離開她才讓我心軟，而是我清楚，這次的離開其實是對她的一種背叛。當我決定去重慶的那一瞬間，我就已經開始在背叛了。

但是，我無法克制自己對莊晴的思戀。我發現，自己與莊晴沒見面的時間越長，內心積聚的對她的思戀就越加濃烈。雖然在此之前我並不明白這一點，但就在昨天，當我們用簡訊聊天後，我才發現她原來在我心裏竟然佔據著如此大的空間。

「今天去，明天晚上就回來。」我輕輕抱住陳圓，柔聲地對她說道。

她什麼也沒有說，一直在流淚。

我出門的時候不敢回頭。

到重慶機場的時候，已經接近十點了。余敏已經通知重慶這邊代理西門子醫療器械的公司，他們派出了車，在機場等候我們。

「重慶這邊第三軍醫大學的附屬醫院在使用我們的產品，今天晚上給你們安排在沙坪壩的酒店住下，沙坪壩距離三軍醫大很近，明天你們去醫院方便。」來接我們的人告訴我們說。

「聽說重慶的火鍋很好吃，現在還能吃到嗎？」余敏問道。

「可以啊，重慶的火鍋店數千家，很多是通宵營業的。這樣吧，你們一會兒住下來後，我帶你們去。」那人說。

「這麼晚了，明天再說吧。馮主任上了一天的班，讓他早點休息。」余敏說。

可是，當我們在酒店住下之後，她卻即刻來敲我房間的門，「馮大哥，我們找火鍋吃去。」

本來我正準備給莊晴打電話的，但是想到給她一個驚喜更好，而且，我也很嚮往重慶火鍋的味道。於是，我和她一起出了酒店。

重慶的夜晚很美，燈光璀璨，而且，現在雖然已經很晚了，但街上的行人依然不少。沙坪壩是重慶的文化區，這裏有很多高校。這是我對這裏僅有的概念。但是，想不到這地方竟然是如此的繁華。我和余敏出了酒店後，即刻感覺到自己被一片高樓籠罩在了裏面，耳邊卻聽余敏在說：「馮大哥，你看，重慶好多美女。」

我這才仔細去看眼前的那些行人。當然，平常人模樣的還是占大多數。不過，重慶這地方女性穿著都很時尚，即使是在寒冷的冬季，她們穿裙裝的依然不少。

「馮大哥，乾脆你調到這裏來工作算了。這裏的婦產科男醫生肯定很愉快。」余敏笑著對我說。

「你啊。」我苦笑，「余敏，難道我在你眼裏就那麼不堪？」

「和你開玩笑的嘛，你這人，怎麼一點都不幽默啊？」她說，隨即親吻了一下我的臉頰，然後，用她的唇輕輕含住了我的耳垂。

我心裏猛地一顫，隨即急忙將自己的頭朝她的另一側，「余敏，別這樣，這是大街上。」

她在我耳畔輕笑，「我的馮大哥，你怕什麼啊?在重慶，誰認識你啊？」

我頓時也笑了起來，覺得自己確實太過膽小與拘謹了，隨即伸出手去挽住了她的腰。她的身體即刻依偎在我懷裏。就這樣，我們兩個人在人流中緩緩漫步，同時欣賞著這個陌生城市無盡的美麗夜色。

「馮大哥，要是你沒結婚就好了。」我耳邊忽然傳來了她輕輕的聲音，有一種如泣如訴的味道。

「怎麼想起這件事情來了？」我一怔之後隨即問道。

「我是女人，總是喜歡癡心妄想。」她歎息道，「要是你還沒結婚的話，我們兩個人一起到這個城市來生活，這地方沒有人認識我們，我們也不認識這裏的任何人，這樣我們就可以重新開始我們的人生了。」

我當然明白她的意思，因為她有著她不堪回首的往事。

我笑著說道：「余敏，很簡單啊，你讓重慶這邊的公司幫你介紹一位重慶小夥子當男朋友，不就可以了嗎？」

「現在我已經是傷痕累累了，哪裏還可能去相信一個男人啊。」她歎息。

「余敏，你想過沒有？為什麼會變成現在這個樣子呢？」我問她道。

「馮大哥，你別說這件事情了好不好？現在，我只知道一點，那就是通過自己的努力去改變自己，改變自己的過去。馮大哥，我餓了，我們去問問哪地方有火鍋好不好？」她開始的時候聲音苦楚，隨即就變得歡快了起來。

我不禁歎息，不過，我也覺得自己剛才的話有些煞風景。

她放開了我的胳膊，然後，跑到一對手挽著手的男女青年面前，我聽到她在問：「你們好，這附近什麼地方有火鍋店啊？」

「前面不遠的地方就有。」那個女孩子熱情地指了指前方說道。

余敏不住道謝，隨即回到我身旁，再次挽住了我的胳膊。

「你怎麼去問他們？你這不是打攪了人家談戀愛嗎？」我笑著問她道。

「談戀愛的人心情好。他們會告訴我實話。」她笑著對我說。

我大笑，「有道理。」

她又一次輕輕含住了我的耳垂，「哥，你現在的心情好嗎？」

我心裏再次猛然地一顫。

當愛來臨時

我和莊晴看著外邊夜景，偶爾相視一笑，
感受到我們空氣中瀰漫著一片溫情。
我們之間有著我一直不願承認的東西——愛情。
她的一笑一顰，細小的表情和動作都在我的眼裏，
我覺得她是那麼的可愛與美麗。

火鍋店就在馬路旁邊。霓虹燈的招牌，店堂很平常，有些像我們江南的路邊攤。不過，我感到詫異的是，這麼晚了，竟然還有很多人在裏面吃東西。

不過，剛才我們剛剛轉過彎來的時候，已經聞到一股奇香了。這是一種難以用語言描述的特別的香氣，讓人垂涎欲滴，而且，那種氣味可以調動人的所有味覺。總而言之，那是一種可以深入到人的五臟六腑的美妙氣味。

我們兩個人找到一處空位坐下，服務員很快替我們點好了菜，隨後就端來了一口鐵鍋放到了桌上，隨即打燃了鐵鍋下面的火。鐵鍋裏面紅紅的一片，全是油，油上面漂浮著一層剛剛放進去的辣椒和花椒。我看著它們，不禁駭然，這麼多辣椒和花椒，怎麼吃啊？

還好的是，一會兒後我就釋然了。因為鍋裏被燒開後，那些辣椒和花椒即刻就混入到了油湯裏面，它們跟隨著油湯一起翻滾，看上去漂亮極了，而且，香味也更加濃厚起來。我頓時食指大動起來。

在服務員的建議下，我們喝的是重慶的山城啤酒。服務員說，這啤酒是與重慶火鍋配套的，喝了就不會上火。

我和余敏每人喝了四瓶。

余敏笑著問我道：「你看過金庸的小說《神雕俠侶》嗎？」

我回答：「看過，你怎麼忽然想起這個來了？」

「絕情谷裏的情花一旦刺傷了人，就無藥可解，唯有情花下生長的斷腸草才是解藥。就如同這重慶火鍋和這山城啤酒一樣。馮大哥，我看啊，你到重慶來，肯定是要去看你的情人吧？她是你的情花，你已經中毒了，我就當你的斷腸草吧。今天晚上，我給你解解毒怎麼樣？」她已經喝醉了，端著酒杯，媚眼如絲地對我說道。

她的眼神讓我心神俱醉，端著酒杯的手頓時晃了一下，裏面的啤酒頓時被我灑出了一大半……

第二天醒來的時候，我後悔萬分。

為什麼會這樣？難道是因為陳圓懷孕，使得我許久沒有發洩的緣故？還是彩超檢查專案操作成功後的激動和喜悅？或者是，因為自己幫助了余敏，所以要向她索取回報？

我不明白，真的不明白，心裏唯有後悔。

還有一件事情讓我感到奇怪，在我和陳圓結婚之後，雖然自己也曾多次與其他女人有過關係，但卻很少像現在這樣後悔過。我不知道是因為自己厭惡了余敏的緣故，還是因為我對陳圓有了真正的責任感。

早上，我們在酒店吃早餐。

「你睡得好嗎？」余敏看著我笑，她的面容嬌豔無比，而我卻不再怦然心動。

「你下午可以回去了，我得在這裏多待幾天。今天上午看了沒問題的話，你趕快回去簽約，我跟秋主任說一聲就是。」我悶悶地道。

她詫異地看著我，「馮大哥，你怎麼啦？怎麼忽然變得不高興起來了？」

「合同的事情最重要，不要耽誤了。我是借此機會來辦私事的，你別管了。」我說。忽然想起昨天晚上我和她的一切，不禁開始厭惡起來。

「那好吧，要不，我先替你把回程的機票訂好？」她問我道。

我搖頭，「不用，我還不缺這點錢。」

她頓時不語，一會兒後才說道：「我明白了，你是嫌我在這裏礙你的事。」

我一怔，忽然笑了起來，「你能夠礙我什麼事？我是為了你好。走吧，我們去醫院。」

「等等，我看他們來了沒有？我們就這樣去不行的，必須這裏公司的人帶我們去才可以。」她說。

隨後，我們去到軍醫大的附屬醫院，聽了情況介紹後，覺得還不錯，我頓時放心了。

中午是重慶這邊的器械公司請客，還是吃火鍋。不知道是怎麼的，我覺得味道沒有昨天晚上的好了。

隨後，余敏和我一起回到酒店，她收拾東西準備離開。

「機票訂好了嗎？」我問她。

「到了機場再說吧。本來想讓他們幫我訂的，但是我不想過多麻煩人家。下午我自己去街上逛逛，到重慶來一趟不容易，我想好好看看這座城市。」她低聲地說，楚楚可憐的樣子。我忽然發現自己有些心軟，但卻強迫自己忍住。

「馮大哥，我知道自己配不上你，不過，我很感激你這次對我的幫助。這份單子簽下來後，我馬上就去註冊自己的公司了，今後可能還需要你的幫助才行。你不喜歡我我理解，因為我曾經的那些事情讓你感到不舒服。」她說。

我急忙地道：「你別那樣，我是覺得自己很內疚。我老婆懷有身孕，但我卻在外面這樣，所以，我心裏很不好受。」

她過來輕輕擁抱住我，「我知道，對不起，我不該勾引你。」

我內心的柔情驟然升騰起來，「和你沒關係，是我自己的問題。余敏，你放心，今後你有什麼困難的話，隨時可以找我的。我希望你的公司儘快做起來，然後找到一個你喜歡、他也喜歡你的男朋友結婚，要小孩的事情，我也會幫你的。余敏，錢這東西夠花就可以了，別把自己搞得那麼累，好嗎？」

「嗯，我知道的。現在我明白了一個道理，我們女人想要好好生活，純粹依靠男人的恩賜是不行的。所以，我必須趁自己年輕的時候多掙點錢。馮大哥，你說呢？」她說。

我歎息道：「每個人有自己的活法，我能夠說什麼呢？」

她從我懷裏出來了，然後仰頭來看我，她在朝著我笑，「馮大哥，我走了。你回來的時候給我打電話吧，我到機場來接你。」

我點頭。不知怎麼，我心裏忽然有些酸楚的感覺。

她離開了，我頓時感覺房間裏空落落的，心裏也頓時空蕩蕩起來。

我躺倒在床上。

床上已經被酒店的服務員整理過了，我和余敏昨天晚上的瘋狂早已經被掩蓋得沒有了一絲的痕跡，房間裏依然像昨天我們入住前那樣爽心悅目。

我給護士長打電話，「怎麼樣？你看了那邊的情況怎麼樣？」

「不錯，聽了這邊醫院的介紹，覺得很不錯。馮主任，你那邊呢？」她問道。

「很好，你什麼時候回去？」我問。

「我第一次到北京，想在這裏玩兩天。明後天不是週末嗎？我想星期天晚上回去。馮主任，下週一簽約沒問題吧？」她問我道。

我笑著對她說道：「你慢慢玩吧，簽約的事情要秋主任簽名才行。這樣，你先給秋主任打個電話，向她彙報一下你掌握的所有情況，我這邊也同時彙報，我也星期天晚上回去吧。對了，和我一起到重慶的小余已經回去了，我們儘量說服秋主任趕快簽約，免得夜長夢多。醫院的政策，我很不放心。」

她連聲答應。

隨即，我給秋主任打電話。秋主任聽了我的情況彙報後卻說道：「你回來再說吧。你和護士長都覺得沒問題就可以了。到時候，你和她簽字就行。我現在基本上不管婦產科的事情了。章院長也說了，他說你的工作能力很強，所以，準備讓我完全從婦產科裏面脫出來呢。所以，簽約的事情，我就不管了。」

既然是這樣，那我還是要早點回去，隨即給莊晴打電話。現在，公事已經辦完了，我可以安心去和莊晴見面了。想到她可能因為我的忽然到來而驚喜，我的心裏頓時激動起來。

莊晴的號碼還沒撥完，忽然就有電話進來了，號碼不熟悉，肯定是江南省的手機號碼，「馮主任，是我。我們那個產品你們有了初步意見了嗎？」我頓時聽出來了，是王鑫介紹來的那家公司的美女推銷員。

「可能不行，你們的價格太高了，科室裏的人都不同意。」我說。

「那你們多少價位才可以接受呢？」她問。

「這樣吧，我在外地出差，過幾天回來再說吧。」我急忙道。

說實話，我知道任何一家公司都一樣，他們很纏人。

「一百五十萬我可以把機器拿出來。」她卻繼續說道。

「對不起，我在外地出差，回來再說吧。」我說，即刻壓斷了電話。這一刻，我心裏忽然有些緊張起來：如果這一家繼續降價的話，我和護士長就不好說話了。

正沉思著，電話又響了起來，是王鑫打過來的，我心裏一陣猛煩。

「馮主任，聽說你在外地出差？」他問。

「是啊，我在重慶，專門過來考察彩超使用的情況。」我說。

「哦？哪家公司贊助的啊？」他問道。

我頓時反感起來，「我自己掏錢不可以嗎？王處長，你覺得我是差那幾個機票錢的人嗎？」

「那你應該去北京、上海考察才是，為什麼專門跑到重慶去？」他問道，官腔十足。

我更加反感，「王處長，這是我個人的決定，而且我沒有花費一分錢的公款。

醫院明確讓我們自己採購這個設備，我到什麼地方考察，應該可以自己做主吧？今天是週末，我利用的是自己休息時間，這不違反醫院的規定吧？王處長，對不起，我在出差，有什麼事情等我回來再說吧。」

「我……」他還想說些什麼。

我即刻掛斷了電話，同時大罵：「你以為你是誰呢？醫務處長，老子們買設備關你什麼事！」

有一種人很可笑，官位不大，卻總喜歡打官腔，這就是王鑫。我在心裏一邊罵著一邊鄙視。忽然想起他那個叫小慧的老婆來，心裏頓時一陣幸災樂禍。

不過，有一點我非常清楚，這一次我是完全把王鑫給得罪了。無所謂，章院長都沒出面找我呢，你算什麼？我在心裏給自己打氣道。

這下，我的心情頓時愉快了起來，隨即再次給莊晴撥打電話。

我太想念她了。

於是，我將自己的身體舒舒服服地放倒在床上，枕頭低了點，這下舒服極了。自己都覺得有些好笑，因為自己剛才的那些準備，幾乎有一種沐浴更衣般的虔誠。

電話居然通了。

「我在換衣服，你等一下。」我聽到她在說。

「我到重慶了。」我說。

「……」電話裏沒有聲音。

「真的，我昨天晚上到的。公事，今天上午已經辦完了。我想見見你，晚上回去。」我急忙地又道。

「你別騙我。」沉寂了一會兒後，才聽到她在說道。

「我馬上用酒店的座機給你撥打。」我說，心裏激動與著急交織。

「你真的到重慶了？」她的聲音猛然大了起來，而且大得有些誇張，讓我的耳朵隱隱生痛。

「是啊，其實我是專程來看你的。」我柔聲對她說道，彷彿她就站在我面前。

「你住在哪家酒店？」她問。

「你在什麼地方拍戲？」我幾乎和她同時問出來的。

「我也不知道這是什麼地方，是保存下來的僅有的幾棟老房子。你想來找我是吧？上次我給你打電話是開玩笑的，現在那些記者太厲害了，如果他們發現你來找我的話，說不一定要編造出一些什麼讓人難堪的新聞來呢。馮笑，我給你說個地方，你去那裏等我，我把今天最後這個鏡頭拍完了就來找你。」她說。

「什麼地方？」我問道。

「重慶有個非常出名的地方，據說那是看美女絕佳的地方，什麼『三步一個張曼玉，五步一個林青霞』，你去感受感受。」她笑著對我說。

我哭笑不得，「你別開玩笑了。」

「真的，我不騙你，你是男人，又不喜歡去逛商場，所以，你最好就去那地方等我。看美女，多麼賞心悅目的事情啊！重慶可是出美女的地方哦，你到了這地方，不去好好欣賞欣賞，就太可惜了。」她在電話裏面大笑。

「莊晴，別開玩笑了。我住在沙坪壩的一家酒店，你告訴我，我這裏距離你那裏多遠？我一會兒去你那周圍，找一家咖啡廳等你。」我急忙對她說道。

「我不是告訴你了嗎？你去那個地方等我。哦，你住在沙坪壩，你把房間退了吧。然後搭車去解放碑，在解放碑附近找一家酒店住下，然後，去解放碑的碑下等我。我大約兩個多小時可以結束，時間正好。」她說。

「我就在酒店等你不行嗎？我馬上去那什麼解放碑去找酒店。」我說。

「不，你必須在解放碑的碑下面等我，不然，我不見你。」她說，隨即在笑。

解放碑是重慶的商業步行街，商場眾多，繁華熱鬧，人來人往，摩肩接踵，四周高樓林立，而著名的解放碑就顯得低矮、渺小了。據說，這個碑原來叫抗戰紀念碑，是為了紀念抗戰勝利而建造的。

碑的兩側有石梯。我發現，有不少的人坐在石梯上四處張望，而且都是男人。很明顯，這些人都是在這裏看美女。

我也去找了一個地方坐了下來，開始觀察眼前來往如梭的人群。還別說，人群中的美女還真的不少，比我昨天晚上在沙坪壩看到的更多。美女在人群中很醒目，讓人可以即刻從黑壓壓的人群中把她們分辨出來。

我看得賞心悅目，心情也頓時愉快起來，寒冷的感覺也隨之而去。忽然，我聽到前面坐著的兩個男人在議論。一個人感歎地說：「到了北京才知道官太小，到了廣州才知道錢太少，到了重慶才後悔結婚太早。現在，我終於明白這句話的意思了。」很明顯，這個感歎的人和我一樣是外地來的。

「怎麼樣？爽吧？」忽然聽到一個聲音在耳邊響起，想也沒想就回答道：「是啊。」即刻我反應過來，這個聲音太熟悉了，側身去看，頓時驚喜，「莊晴……」

她在朝著我笑，手已經挽住了我的胳膊，雙眼隨即去看前方的人群，「重慶夜景也非常漂亮的。走吧，我們先去吃飯，然後，一起去看夜景。」

「好啊，你想吃什麼？」我問道。

「我到重慶已經接近一個月了，你可是剛剛到這裏。要不，我們去吃火鍋？」

她說。

「我昨天晚上和今天中午都是吃火鍋，味道雖然不錯，不過我覺得有些受不了了。」我說，隨即將嘴唇去到她的耳畔低聲地說道：「太麻辣了，我撒尿都感到有些痛了。」

她大笑，「我知道，開始的時候我也那樣。那好吧，我們去那裏！」她指了指我們前方的天上。

「那是什麼地方？」我問道。

「那裏叫九重天，是一處旋轉酒樓，是看解放碑夜景最好的地方。我們劇組到那裏吃過一次飯，真的很美。」她說。

「走，我們馬上去。」我即刻站了起來，因為我發現，夜色在不知不覺中已經降臨。

重慶的夜晚真美，而我也發現，自己身旁的她更美了。

這地方真的很不錯。從二十九樓俯瞰下方，酒樓慢速旋轉，一頓飯下來，不知不覺就看完了四周美麗的景色。

酒樓的川菜味道也非常不錯，還有我對面的她。

我和莊晴幾乎一直在看外邊的夜景，偶爾才會相視一笑，讓人感受到我們空氣中瀰漫著一片溫情。現在，我不得不承認，我們之間有著一種一直以來我都不承認的東西。

那是愛情。

她的一笑一顰，每一個細小的表情和動作都在我的眼裏，我覺得她是那麼的可愛與美麗。

我們喝的是紅酒，每一次都是無言地碰杯，然後相視一笑，淺淺喝一口。有一次我想問問她最近的情況，但是被她用手勢阻斷了。她在朝我笑，然後指了指窗外。寬大的落地窗外是夢幻般的夜景，我頓時明白了，她要我感受外邊的景色，用我們的溫情去融合。於是，我笑了，點了點頭。

果然，溫馨再次環繞在了我們身邊。

吃完了飯，酒卻還剩下很多。

她終於說話了，「馮笑，乾杯，謝謝你來看我。」

她忽然說話後，我反而不大適應了，瞠目結舌地看著她。

她笑，「怎麼？傻了？」

「莊晴，你和以前不一樣了。」我說，不好意思地笑了笑。

「在你面前，我還不是一樣嗎？」她說，朝我在媚笑，「只是，我完全沒想到你會到這裏來，我有些不大相信，覺得自己好像是在夢裏。」

她的臉上笑吟吟一片，和她以前一樣的調皮眼神，雙眸明亮清澈。雖然她顯得稍微瘦了些，但卻更加明麗動人。我頓時癡了。

「怎麼？又傻了？」她銀鈴般地在笑。

我也笑，「莊晴，你好美。」

「馮笑，你怎麼還像小孩子似的？」她笑，「不過，我很喜歡你傻傻的這個樣子。對了，下午在解放碑看了美女後，覺得怎麼樣？是不是覺得我們江南的美女差遠了？」

「美女確實很多，不過，我覺得她們都沒有你漂亮。」我說，發自內心。

她在癟嘴，「馮笑，你現在越來越油嘴滑舌了，我哪裏漂亮了？」

「我說的是真的，你在我眼裏，一直都是那麼漂亮。」我真摯地說。

「陳圓怎麼樣？」她卻忽然問我道。

我一怔，看了她一眼後才回答道：「就那樣吧，還有不到兩個月就要生了。」

「她比我漂亮。」她說，隨即歎息，「馮笑，我很懷念我們三個人在一起的那些日子。」

「是啊，我也懷念，可惜時光不能倒流。」我也歎息。

「馮笑，我現在都不知道，自己該不該出來走這條路。」她幽幽地說。

我頓時詫異，「怎麼了？你遇到不順心的事情了？」

她搖頭，「不是，只不過我覺得現在太累了。身體累，心也累。所以馮笑，你這次得好好陪陪我。」

我柔聲地道：「好啊，我過來就是專門陪你的。不過，你明天不工作了嗎？」

「明後天是週末，劇組拍的是其他的鏡頭。我給導演說了，說我回江南去辦點急事。」她搖頭道，隨即笑著問我：「你這次是一個人過來的嗎？不可能吧？」

「就是我一個人過來的啊，我想來看你，所以，就找了個出差的理由。」我不得不撒謊。

「真的？那我得好好獎勵你。」她看著我溫柔地笑，不過，我發現她的眼神裏面透出一種古怪來，我心裏頓時一蕩。

後來，我們搭車去到了據說是最適合看重慶夜景的地方——南山上面的一棵樹。我發現，重慶這座城市的夜景如此美麗，是得益於起伏的地勢和依山而上的重重樓房。以前聽說重慶的夜景是公認的，比上海和香港還要漂亮的地方，現在看來確實是如此——

在這裏看夜景的人非常多，我和她坐在觀景台的最外邊，她依偎在我的懷裏。反正這地方也沒有人認識我們，我們可以肆無忌憚。

身旁的人離開了一批又一批，而我和莊晴就這樣一直坐在那裏。她的頭在我肩上，我攬著她柔軟的腰。

我們什麼都沒有說，眼前是璀璨的、夢幻般的美麗夜景。

後來，看夜景的人慢慢散去，只剩下我們兩個人孤零零相依相偎在那裏了。我忽然感覺到她的身體顫抖了一下，急忙問道：「莊晴，你是不是覺得冷？」

「嗯，我們回去吧，這裏太美了。」她說，聲音幽幽的。

我即刻扶她起來，然後把自己的衣服給她披上，「走吧，我們去搭車。」

第七章

院長的真面目

「我剛開始工作的時候，在他家裏住了一段時間，
有天晚上他喝醉了，竟然來欺負我。」她低垂著眼說道。
「馮笑，你想不到吧？」
「不會吧？他可是你的長輩！而且是在他家裏？
難道他不害怕他老婆發現？」我驚訝說道。

當我們進入房間的那一瞬間，我的心跳突然加速了。我牽著她的手，在黑暗中摸索著坐在床邊，我感到她的手在微微顫抖，我好像聽到她心跳的聲音。

在開燈的那一瞬間，我們都在看著對方傻笑。當我們赤身裸體相擁相吻的時候，她問我：「馮笑，真的是你嗎？」

我說：「當然是我。莊晴，你告訴我，你是我的女人嗎？」

「是的，我早就是你的女人了，我現在正等待再次成為你的女人呢。快來吧，我好幾次做夢都夢見和你在一起了……」

我頓時激情勃發，完全忘記了前奏。不，不是忘記了，是我們都太迫不及待。

她在我身下婉轉呻吟，我一次又一次地在朝她身體裏面衝刺。她的身體太美妙了，還有她迷人的表情，我愛極了她，於是俯身去將她緊緊擁抱，試圖讓她的全部融入我的血脈，讓她的魂魄與我的靈魂完全地融合。

她的雙眼迷離，嬌喘連連，呻吟聲越來越大，最後變成了聲嘶力竭的吼叫。

我頓時清醒了幾分，同時感到詫異：她可是第一次這樣！

可是，她的身體卻在我的下面扭動著，雙手緊緊將我抱住，「馮笑，別停，別停下來……」

我心裏頓時複雜起來：她怎麼和以前不大一樣了？於是，之後，我將被子扯過來，輕輕地將我們籠罩在一起……

房間很靜，靜得讓我可以感覺到時間的流淌。我在心裏計算著，一分鐘過了，兩分鐘過去了……十分鐘過去了，我輕輕地撫摸她光滑背上的肌膚，「莊晴……」

「嗯。」她在應答。

「你……」我卻發現自己問不出口來了。

她的聲音悠悠的，帶著一種滿足感。

「我覺得你，好像和以前不一樣了。」我終於說出口來。

「怎麼不一樣了？」她問，身體在開始動，我感到她纖細的手指在我的胸膛上面輕輕地劃動。

「不知道，就是覺得你和以前不一樣了。」我說，隨即又道：「你做愛的時候，比以前瘋狂多了。」

「……」她沒有說話，手指依然在我胸上劃動。

「對不起，我沒有權力過問你這種事情。」我隨即說道。

「馮笑，我只有和你在一起才這麼有感覺的。」她卻這樣道。

我頓時明白了，心裏雖然依然不大舒服，但卻釋然多了：她現在是演員，是單身，她怎麼可能只屬於我一個人？

「莊晴，我也是，我發現自己愛上你了。」我說，真摯地說，「但是我知道，我們不可能的，不僅僅是因為陳圓，自從你離開江南的那一天開始，我們就註定只能成為朋友了。」

「是的，不過，你不覺得這樣更好嗎？我們之間沒有責任和義務，想在一起的時候就在一起，不想的時候就分開。我們每次在一起都會覺得新鮮，每次都有不一樣的感覺，這樣不是更好嗎？」她說。

「嗯。」我說，隨即緊緊去將她擁抱。

隨後，我們一起去洗了澡，然後依偎在床上看電視，當激情再次孕育出來，便開始新一輪的歡愛。

後來，我們都從容多了。

第二天，我們一直睡到接近十二點才起床。

「馮笑，我們一起吃飯，然後你陪我去逛街吧，我想去買衣服。」她說。

我當然不會反對，「你現在應該買有品味的服裝了，雖然你還不是大明星，但你們那圈子的人，好像很看重這些的。」

「是啊，越是不出名的人，越需要品牌的包裝，真正的大腕就隨便穿了。」她笑著說。

解放碑是重慶的商業中心，這裏有好幾家專門銷售高檔服裝的商場。莊晴挽著我的胳膊，我們像一對戀人。

商場裏那些服裝的標價高得嚇人，一雙鞋子竟然要三萬多塊，有些衣服的標價更是匪夷所思，一套晚禮服竟然要二十多萬。

我有些心驚膽戰。

「嚇人吧？」她看著我笑。

我強顏歡笑地道：「只要你喜歡就行。」

她看了我一眼，幽幽地道：「馮笑，你這一點比宋梅好，因為你是真心對我好。不過你放心，我還不至於那麼傻，讓你花那麼多錢去買這樣的東西。」

「沒事，只要你喜歡，真的。」我急忙地道。

我有些奇怪，因為我竟然不再覺得那些標價嚇人了。

曾經聽過一種說法：女人的衣櫥裏永遠缺一件衣服，男人的身邊永遠缺一位女子。這句話的意思是說，女人總有買不完的衣服，男人總有喜歡不完的女人。

以前，趙夢蕾喜歡讓我陪她逛商場，開始我很耐心地去陪她，但是後來就開始厭煩起來了，因為我發現，陪女人逛商場其實是一件非常痛苦的事情。其實現在想來，那時候很多時候我不願意週末回家，其實也有躲避陪她上商場的因素。

但是今天，我卻有些興趣盎然，因為我看到莊晴興高采烈的樣子。

後來，在我的堅持下，她終於購買了兩樣東西，一件大衣，一件毛衣。香奈兒品牌的，價格貴得嚇人，兩件衣服竟然花掉了我好幾萬塊錢。不過，我並沒有心痛的感覺，反而感覺很愉快。因為我發現，莊晴高興極了。

我不禁想道：其實女人的快樂也很簡單的。

「我還想買。」她說。

「買吧。」我朝她微笑。

「我們去別的商場吧，這裏太貴了，我都心痛呢。」她說。

「只要你喜歡就行，距離你說的二十萬還差得很遠呢。」我鼓勵她道。

「你不心痛我心痛啊，不行，不能在這裏繼續逛下去了，我擔心自己忍不住。」她朝我笑道。

「何必呢？錢嘛，反正都是拿來花的，有錢難買人高興，你說是不是？」我反而勸她道。

「不行，太貴了我不敢穿，走吧。」她來拉著我出了商場。

後來，我還是感覺到陪女人逛商場的痛苦了：我的雙腿痠軟得厲害，全身也疲憊不堪，而莊晴卻一直興趣盎然。

她發現了我的疲憊狀態，「你回酒店去吧，一會兒我回來。」

我搖頭，「不行，我要陪你。」其實我不是假意，因為我非常在乎這次和她在一起的每一分鐘。

「那你去商場外邊等我吧，還是去解放碑的腳下？你在那裏欣賞美女，我在裏面逛商場，這樣不是更好？去吧，你這樣子陪著我，讓我一點逛商場的心思都沒有了。」她說。

我只好同意，隨即拿出錢包，把銀行卡給她，「你隨便買吧。」

她看了我錢包一眼，一把將我的錢包抓了過去，「你這麼多現金，我拿點就是了。」

我看了這家商場裏面的價格，也就不再說什麼了，她只拿去了兩三萬塊錢的樣子。於是，我走出了商場，手上是她前面逛商場的成果。

我再次坐在了解放碑下面的石梯上。

一位美女弱柳迎風般朝我面前走來，大波浪捲曲的頭髮染成栗紅色，緊緊包裹著臀部的藍色牛仔褲勾勒出她那苗條的身材和修長的雙腿，人本來長得不矮，卻又穿了一雙可能有兩英寸高的高跟鞋，更使她走起路來顯得婀娜多姿。

眼前是目不暇給的各色美女，讓我頓時身心愉悅起來。

莊晴出來了，她一眼就看到了我。其實我在看美女的過程中，也一直在注意商場的門口處，她剛在商場的大門處一出現，就被我發現了，於是，我即刻站起來朝她招手。

她的手上提著好幾個袋子，看來收獲不小。

「走吧，我們回酒店。」我朝她伸出手去，意思是讓她把她手上的東西給我。

她卻笑著搖頭對我說道：「不行，我也得在這裏看會兒美女。」在美女面前男人就是搬運工，這一點我還是知道的。

我大笑，「女人怎麼會對美女感興趣？」

「因為她們漂亮啊，漂亮就可以給人帶來美的享受的，而且我還可以比較，看看自己有什麼地方不如人家。比如，她們為什麼穿得那麼協調，她們的衣服是什麼款式的。」她笑著回答說。

我還是覺得奇怪，「我就從來不喜歡看男人，即使他長得再帥。」

「你如果喜歡看男人的話，那就說明你有問題了。」她大笑。

「這個世界就是這樣不公平，女人看女人就沒問題，輪到我們男人就有問題了。」我歎息著說。

「不公平的事情多著呢，我們女人可以穿漂亮的裙子，你敢穿嗎？」她歪著頭問我道。

我頓時瞠目結舌起來。

她再次大笑。

外邊太冷，我們在碑下面沒待多久就回到了酒店。

「晚上去吃火鍋吧。」我說，發現自己忽然有些喜歡起重慶的這道特色菜起來。

她卻在看著我怪笑，「晚上你不和我玩了？」

我瞪了她一眼，隨即大笑，「莊晴，你這個浪蹄子，怎麼老是去想那事情呢？方式很多的啊？為什麼非得那樣？兩個人在一起，最關鍵的是那種感覺，靈與肉交融的那種感覺，方式不重要。你說是不是？」我說道。

「怎麼不重要？你們男人就喜歡最後那一瞬間，我們女人喜歡的是那個過程。明白嗎？」她癟嘴道。

我不想再和她討論下去了，因為我發現，最終還是我沒有道理，「好啦，不吃火鍋就是了。那你說吧，我們去吃什麼？」

「火鍋啊。」她說。

我哭笑不得，詫異地問她道：「你不是說……」

「回來後漱口，你傻啊？」她朝我嫣然一笑。

這就是我和莊晴在一起與其他女人不一樣的地方。和她在一起的時候，我覺得心無牽絆，想怎麼說話就怎麼說話，想怎麼歡愛就怎麼歡愛，不會去考慮對方的感受，因為任何一句話、每一種方式，我們都會接受。這是一種融洽到了極致的自由，即使是夫妻之間，也未必能做到。

她好動，我穩重。她精靈古怪，我事事順著她。她有時候想法匪夷所思，我也見怪不驚。還有，這才是最關鍵的，她喜歡我，我也喜歡她。正因為如此，我們兩個人才可以達到這種很多人難以擁有的和諧。這種和諧是溫暖，是激情，是心靈的極度釋放。也正因為如此，她才會讓我對她如此的迷戀，如此的難捨難分。

而且，我看得出來，她對我也是如此。雖然她已經是一名演員，或許今後還有著輝煌的未來，但是，她對我依然是那麼的依戀。

我相信，這絕不僅僅是愛情。我們之間的感情，已經超出了愛情的範圍，因為我們之間還有著超乎尋常的友誼。

吃完了火鍋，我們兩人一前一後往酒店走去，我的心緒猛然地激動起來，即刻抓住了莊晴的手，她順勢就依偎在了我的懷裏。我摟著她軟乎乎的身子，嘴唇向她粉嫩的臉上吻了過去，她柔軟的嘴唇就被我吮吸住了，滑嫩的香舌一下滑進了我的嘴裏。我的手已經在她圓滾滾的臀部上撫摸著，頓時感覺到她的身體驟然癱軟。

這是在大街上面，我們旁若無人地忘情了。

「莊晴，我發現自己離不開你了。」我歎息著對她說了一聲。

「馮笑，如果我們天天在一起的話，你可能就不會有這樣的感覺了。兩個人是需要距離的，有距離才會有思戀，也才會有美的感覺，你說是嗎？」她卻這樣說道。

我深以為然。

不過，我發現自己對她非常不捨，理智在欲望面前，總是那麼的脆弱。

和莊晴在重慶城區又玩了一整天。

我發現這座城市很有特色。

重慶的山不高，山上綠樹成蔭，野花盛開。水很美，一條嘉陵江、一條長江，在重慶的市中心彙集，因此空氣濕潤。薄霧纏在橋上，掛在山腰，出去吃早餐的時候，在霧中行走，會以為自己在天上。

重慶的街道很神秘。走在街道上你會很迷惑，前面的街道總是給我一個意外。走著、走著會突然發現沒路了，正當恍惚之時，卻發現腳邊有向下的石級，然後就是另外一片區域。

如果這時迎面遇到一位美麗的重慶女孩，我肯定會以為是仙境的邂逅。重慶的女孩都很跩，走路昂頭、挺胸、收腹、提臀。不知道的還以為受過專門的訓練。重慶女孩對陌生人很高傲，我悄悄看一位美女的時候被她發現了，她扭頭而去，長髮一甩，頓時把我的自信掃得乾乾淨淨。

這時，我聽到莊晴笑著問我：「你在歎息是吧？歎息這般漂亮的女孩你沒能認識是不是？」

我和她已經非常親近了，也就不需要遮掩什麼，於是笑著說道：「是啊。」她看了我一眼，「我們劇組裏就有兩個漂亮的重慶女孩，晚上我把她們叫來陪你喝酒好不好？」

「莊晴，你怎麼變成像妓院的老鴇似的啊？」我笑著問她道。

「重慶女孩不但漂亮，而且大膽，以你馮笑的魅力，她們肯定會喜歡你的。」她笑著說，手卻在我的胳膊裏，將我抱得緊緊的。

「我有什麼魅力啊？」我笑，隨即鬱悶起來，「莊晴，今晚我真不想回去。」

「那就別回去啊，明天我再給導演請一天假。」她說。

「導演會同意嗎？」我問道。

她笑道：「會的。」

我看著她，心裏忽然有了一種奇怪的感覺，「莊晴，導演和你……」

「馮笑，我可不是你老婆。」她瞪著我說道。

我頓時不語。

一會兒後，她忽然歎息了一聲，說道：「演藝圈就這麼回事，大家各取所需。馮笑，你知道演員這行業有多少人嗎？數萬人！你看電視裏那些比較熟悉的面孔，那些漂亮女人，她們有多少是真正紅了的？沒辦法，女人在這個圈子裏混，就必須那樣，男演員也得那樣，如果是女導演的話。」

我也歎息，「莊晴，聽你這麼說，我現在有些後悔讓你去做這行了。一個女人連尊嚴都沒有了，即使出名了又怎麼樣？」

她笑，「尊嚴是什麼？尊嚴是針對成功的人講的。成功了，別人不會去看你的過去，人們笑話的是失敗的人。馮笑，自從我第一天踏進這個行業開始，我就已經做好這些準備了。我告訴自己，一定要努力，甚至不惜任何的代價。」

我沉默了一會兒後才說道：「莊晴，我不再說什麼了，每個人都有自己的選擇，我會尊重你的選擇的，我希望你成功。我還是那句話，如果你失敗了，即使已經變得千瘡百孔，我依然會幫你的。不管怎麼說，你總是努力了，這就夠了，你說是不是？」

她在我耳畔輕聲地道：「馮笑，你知道我為什麼這麼喜歡你嗎？因為你是一個真正的男人，一個負責的男人。」

我歎息，「莊晴，你錯了。我不是一個負責任的男人，如果我是那樣的話，就應該好好守在趙夢蕾身邊，她就不會自殺；現在更應該陪伴陳圓，兩個人一起好好過日子。可是，我做不到，因為我心裏牽掛的女人太多了。所以，我不是什麼好男人，更不是一個好丈夫。」

「是啊。」她說，「所以，一個人好與壞是相對的，也許我這樣子在別人眼裏是一個壞女人呢，但是我無所謂。」

「莊晴，你覺得，好人和壞人怎麼區別呢？」我問道，其實這個問題我疑惑了很久。

「這個問題太深奧了，我可搞不明白。」她笑道，「不過，我覺得只要做到一點就夠了，就是不要有害人之心。我自己是我自己，我的身體、我的思想都是我自己的，我想怎麼樣就怎麼樣，別人管不著。但是，一個人不能起壞心眼，不能危害別人，因為我們沒有這個權力。」

我深以為然，「莊晴，你說得太好了。」

現在，我對莊晴忽然有了另外一種認識了。我發現，她已經和我曾經認識的那個她不大一樣了，雖然她對我一樣的好，但是，她對這個世界的看法已經發生了根本性的變化。或許，她正適合她現在的那個圈子。

所以，我覺得她肯定會成功。對演藝圈我雖然不是那麼瞭解，但有一點我知道，那個圈子裏面，就適合莊晴那樣性格與思維的人生存。

我既喜又憂。

晚上我們想去吃小吃。

莊晴說：「不行，我不能再多吃了。我發現自己這兩天都長胖了，導演會罵我的。人要長胖很容易，吃東西很爽，但要瘦、要減肥的話，就痛苦了。」

我笑道：「還是我好啊，不去管那些事情。」

她跑到了我前面，雙手背在她的身後，身體在我面前搖晃，「馮笑，我看上去沒胖吧？」

我面前的她是那麼漂亮，看上去清純無比，就像一個大學生的模樣，我心裏暗自歎息：誰知道她和我在一起的時候，是那麼的放蕩呢？

我很認真地說道：「沒胖，很漂亮。」

她頓時高興起來，「那就好，那我們就可以去吃大餐了。」

我大笑，「走吧，你想吃什麼？」

「我們去吃海鮮吧，又過癮，又不會長胖。怎麼樣？」她說。

我當然不會反對。不多久，我們就找到了一家海鮮酒樓，在酒樓大廳靠窗的位置處坐下。我們點了基圍蝦、大閘蟹，還要了三文魚的刺身，以及其他一些小海鮮。現在交通發達了，在內地一樣可以吃到新鮮的海鮮。

我和她相對而坐。

她在剝著蝦慢慢地吃著。

我看著她，覺得看著她吃東西也是一種享受。

她發現我在看她，「馮笑，看我幹嗎？又傻了？吃啊？海鮮吃了補身體呢。」

於是，我也拿起一隻蝦來開始剝，嘴裏說道：「莊晴，我還是想早點回去了，你明天最好不要請假，我明天一早直接去機場買票。」

「也行，今天晚上我們在一起好好恩愛。你多吃點啊，馮笑，今後我在其他地方拍戲的時候，也希望你來看我，好不好？」她說。

我點頭，「好的，現在反正交通方便了。」

「那件事情……」她欲言又止。

我沒明白，「什麼事啊？」

「章院長，我表舅的事情，」她說，「本來不想告訴你的，因為我擔心你知道了不好，你畢竟是他的部下。」

「有什麼啊？我也就是一個醫生罷了，最多就不當那個狗屁副主任就是，有什麼嘛。」我說著，心裏頓時好奇起來：章院長和她究竟怎麼啦？

「我剛開始工作的時候，在他家裏住了一段時間，有天晚上他喝醉了，竟然來欺負我。」她低垂著眼睛說道，「馮笑，你想不到吧？」

我當然想不到，而且很是驚訝，「不會吧？他可是你的長輩！而且是在他家裏？難道他不害怕他老婆發現？」

「他老婆出差去了。其實，我和他並不是很親的親戚，他這個表舅也是我認的。他給我安排了工作，所以，希望我回報他。其實，我不想去他家裏住的，但是我覺得自己也應該回報他，就想去給他家裏做些家務活，像洗衣服做飯什麼的，可是，誰知道他的想法是那樣啊？

「馮笑，你是婦產科醫生，你是知道的，我那時候可是第一次遇到那樣的情況，嚇得全身都癱軟了，他也就是在那天晚上把我那樣了。後來，宋梅發現我不是處女，就對我沒那麼好了。

「可是我沒有想到的是，他竟然不准我搬離他家，每天下班後，他都來我身上發洩。我實在受不了了，於是就堅決離開了。

「當時我對他說：以前的事情就算了，今後不准再來煩我。馮笑，後來的事情你都知道了。那次你讓我去找他，本來我不想去的，但想到是你的事情，也就改變了主意。還好的是，他對我的態度還不錯，沒有再強迫我做那樣的事情了。馮笑，其實我一直想離開醫院，也有這個原因，因為我不想再看到他……」她在那裏低聲說著，一邊剝著蝦。

我想不到竟然會是這樣一種情況，心裏頓時難受起來，「莊晴，以前我不知道，對不起。」

她抬起頭來看著我，「其實我看得出來，他很喜歡我。但是，我和他不可能再那樣了。我已經回報了他，而且是用自己的處女之身。現在，我離開了醫院，他可能也明白我為什麼要離開吧，也許他心裏害怕我不在醫院，會在外面說他的壞話，或者敲詐他什麼的……算了，不說了，說起來我覺得噁心。」

我忽然想起那個科研專案的事情，心裏也覺得噁心起來，「他怎麼會是那樣一種人呢？還當院長呢，上面的人都眼瞎了啊？」

「馮笑，我不想讓你知道這件事，也是為了你好，畢竟你還在那個醫院裏上班。很明顯，他可能知道我和你的關係，所以，一次次想從你那裏探聽你是不是知道他曾經的事情。我想，這樣也好，至少他會關照你，不會為難你的。」她隨即又說道。

「莊晴，既然我已經知道了，那我肯定會想辦法替你報復他的。不過，我會採取比較隱秘的方式。不管怎麼說，他都是強姦了你，這件事情不能就這樣算了。」我說。

「算了，過去了的事就算了。我反正已經離開了醫院，不想節外生枝，除非他今後做出什麼過分的事情來。」她搖頭道。

「莊晴……」我這才發現她也有軟弱的一面。

「馮笑，現在你知道我曾經的所有事情了，應該明白我為什麼會不惜代價，要讓自己成功了吧？不過，我還是那句話，你在我心裏永遠是不一樣的，因為你是真心對我好，一直都是這樣。後來，我覺得只有陳圓才適合你，於是就主動離開。馮笑，我說的都是真的，你相信嗎？」她說到後來，竟然開始流淚。

我心裏頓時升起一片柔情，拿了一張餐巾紙去給她揩拭眼淚。

她沒有動，看著我悽楚地笑了一下。

「莊晴，你別說了，我都知道了。謝謝你，謝謝你對我這麼好，我不知道自己是哪輩子修來的福分，能夠認識你。莊晴，我們一輩子都會是好朋友，我相信一定會這樣的，你說是嗎？」我柔聲地、動情地對她說道。

「嗯。」她點頭，破涕為笑，「是的，馮笑，我希望我變成老太婆了，還可以和你上床。」

我禁不住也笑了起來，「傻丫頭，那時你已經不行啦，我應該還是可以的。」

「吹牛吧你！」她大笑，「反正我不管，我一輩子就纏著你了。」

「那就這樣吧，趁我們年輕的時候多做幾次，把今後的事情提前做完。就好像把後半生的財富提前到現在來享受，怎麼樣？」我笑著對她說。

看著她笑了起來的樣子，我心裏也高興起來。

「才不呢，我非得要等到當了老太婆後和你一起睡覺。馮笑，你想想，到那時候，你還要背著陳圓來和我偷情，多刺激啊？哈哈！」她說，說到後來，自己也忍不住笑了起來。

她在這時候說起陳圓，讓我忽然想起一件事來：我答應陳圓昨天回去的，可是直到現在都沒給她打電話！

算啦，回去後再說吧。我心裏慚愧地歎息。

這頓飯我們吃得特別長，幾乎一直在說話，到後來，兩個人就開始肆無忌憚地胡亂開玩笑了。

吃完了飯，我發現自己已經沒有了情欲，不是我厭煩了她，而是因為我們之間的感情得到進一步的昇華。

我們在重慶迷人的夜色裏散步，像一對戀人那樣依偎著，緩緩地、不知疲倦地漫步在步行街裏。我真切地感受到了她對我的那種濃濃溫情，還有那種難捨難分的依戀。

一直到街上沒有了行人，一直到解放碑上的鐘聲響起，才讓我們知道時間已經是午夜，第二天的第一秒鐘已經來臨。

「今天我要回去了。」我說。

「嗯，我們回酒店吧。馮笑，我好想就像這樣一直在你身邊。」她低聲地道。

我輕輕拍了拍她在我胳膊上的手，「我也想的，但是不行啊。你不是說了嗎？兩個人不在一起才會有思戀的嘛。」

「馮笑，這話太有詩意了，可你說出來，怎麼就讓我覺得好笑呢？」她忽然笑了起來。

「有什麼好笑的？」我苦笑著問她道。

「不知道，你是婦產科醫生，說出這樣的話就是好笑。」她說，手猛然從我胳膊裏取了出去，然後放到我的頸子裏。

好冰涼！

我全身頓時一激靈，「啊！怎麼這麼涼？」

「我好冷。」她說。

「那我們跑回去。」我急忙地道，「感冒了可不得了。」

「不，我要你背我回去。」她卻撒嬌道。

「好，我背你。你把手就放到我脖子裏吧。」我即刻蹲了下去。

「馮笑，你真好。」她說，隨即歡快地朝我的後背匍匐了下來，我的臉上是她冰涼的臉龐，她給了我一個溫暖的吻。

我背著她慢慢朝前走，她的雙手環抱著我的頸部。她的身體很輕，我背在背上沒什麼感覺。她的手伸進了前方的領口，我頓時一哆嗦，「你的手怎麼這麼涼啊？是不是穿少了？」

「我以前也是這樣的啊？一到冬天手腳都是冰冷的。所以我以前最喜歡爸爸的手了，他的手不但大，而且溫暖。馮笑，把你的手給我。」她的臉緊貼在我的臉上說。現在，我感覺到她的臉已經不再那麼冰涼了。

「中醫說我是陰性人。」她說。

我一怔，頓時大笑起來，「什麼陰性人啊？按照中醫的說法，男人屬於陽性，女人本身就是陰性的，哈哈，陰性人，虧你想得出來。」

她也在我耳邊笑，「那你說是什麼？」

「寒性，比如十二生肖中蛇的屬性。」我說。

「可是我不屬蛇啊？」她問。

「你還當過護士呢，怎麼這都不知道？中醫說的寒性，是指一到冬天四肢冰涼，西醫的說法就是末梢循環差，明白嗎？」我笑道。

「這樣啊，可以吃藥嗎？」她問。

「不必，多運動就行。」我說。

「我知道了，像我這樣的人，就需要男人幫我暖被窩。」她笑道。

我哭笑不得，「還需要男人給你補充陽氣呢。」

她在我背後咯咯地笑，「聽你這麼說，就好像我是鬼似的。」

「你就是一女鬼，吸盡了我的陽氣。如果這時候有人看見我們，肯定只看得見我一個人。」我說。

「那你不怕我啊？」她笑。

「不怕，我喜歡得不得了。」我說。

「哎，如果我真的是鬼就好了。」她歎息。

我詫異地問：「你為什麼這樣說？」

「如果我是鬼的話，就可以變成各種美女和你在一起了，而且，還可以晚上飛到你的床上，白天再飛回這裏來拍戲，這樣多好。」她笑道。

「那可不行，到時候，電視播出以後，觀眾還以為男演員發瘋了呢，因為觀眾老是看到男演員對著空氣又哭又笑的。」我大笑。

「是啊，這很麻煩。」她笑著說，隨即問我道：「馮笑，假如我真可以變的話，你希望我變成誰的樣子？」

「什麼意思？」我問。

「你傻啊，我是問，你的夢中情人究竟是什麼樣子啊？」她說。

這時候，我心裏猛地一陣刺痛，因為她的話讓我忽然想到了趙夢蕾。

我頓時不語，卻聽到她繼續說道：「馮笑，你最喜歡哪個明星？」

「我不大喜歡看電視和電影，所以，沒有特別喜歡的明星。」我說，腦海裏浮現的依然是趙夢蕾的影子。

「你騙人。」她說，「馮笑，你在我面前就不要那麼假了吧。」

「真的，我印象最深的也就是林青霞、鄧麗君那樣的老演員了。」我說。

「林青霞確實很漂亮的，那我回酒店後，變成林青霞怎麼樣？」她在我後頸處哈氣。

「你以為你真的是女鬼啊？」我頓時笑了起來。

「回到房間後你就知道了。」她笑著說。

她的話讓我霍然一驚，急忙去摸她的臉，暖暖的，頓時放下心來。

剛才，她的話讓我頓時感到害怕起來，因為我忽然有了一種夢幻般的感覺，即刻有些不大相信自己正置身重慶這個地方，更覺得她的存在是一種縹緲的夢幻了。而當我摸到她溫暖的身體的時候，頓時就又笑了起來，因為我覺得自己有時候有些神經質。

她在我耳邊笑，「怎麼？你真的以為我是鬼啊？」

我們倆人嬉笑著，很快就到了酒店，我將她從背上放了下來，「到了，不敢再背你了，搞不好，別人會說我綁架了你呢。」

「肯定不會有人那樣說的。」她笑，「不過，有人肯定會說，豬八戒背媳婦回來了。」

我大笑，「有我這麼帥氣的豬八戒嗎？」

「豬八戒怎麼啦？他雖然不是帥哥，但戀家，有男人味。還有，唐僧師徒一路上歷經千辛萬苦，終於到得西天，別人都成佛拜祖，八戒卻只得了個淨壇使者的稱號，但也算是顧上了吃喝。八戒肚量大，不計較這些虛頭巴腦的形式，照樣樂呵呵地生活，這種人絕對不會得什麼憂鬱症的。所以啊，你千萬不要看不起豬八戒。哈哈！」她大笑著對我說。

「莊晴，你這套說法蠻有道理的，我不相信是你的理論。」我看著她說。

「導演給我們講的。你說，是不是很有道理？」她歪著頭問我道。

我忽然想起我曾經問她的那件事情，心裏頓時酸酸的起來，「莊晴……」

「怎麼啦？」她詫異地看著我。

我欲言又止，最後終於還是問了出來，「你是不是很崇拜你的這位導演？」

「……」她沉默，一會兒後才幽幽地問我道：「馮笑，你是不是吃醋了？」

「是啊，我總覺得心裏有些不是滋味。」我實話實說。

「導演對我很重要。」她低聲地道。

「我們不是投資了這部電視劇了嗎？」我忍不住地說道。

「馮笑，今後我的職業就是演員了，但我不是科班出身，從演技什麼來講，根本就不是那些專業演員的對手。所以，今後必須依靠導演替我介紹新戲，或者在他今後導演的戲裏面出演角色。我總不可能繼續讓你們投資吧？幾百萬可不是小事情。所以，我必須自己努力，然後儘快站穩腳跟。最好，今後有廣告代言什麼的。馮笑，我說過，林老闆的錢我一定會還的，但是，我還錢的前提是，必須自己能掙到錢啊。你說是不是？」她說。

「這次的這筆錢不是贊助，是投資，是林老闆代表我進行的投資，所以，我覺得不會虧損多少的，說不定還會賺呢。所以，還錢的事情，你就不要著急了。唉！莊晴，雖然我覺得你現在這樣不好，但我知道自己也沒辦法說服你。算了，你自己看著辦吧，只要你覺得這種生活很有意思就行。」我歎息著說。

「馮笑，這件事情我們不是已經說過了嗎？你怎麼變得婆婆媽媽的了？沒事，對於我來講，成功當然是好事情，失敗了也沒事，意料之中的事情。不過，我總得去努力吧？如果自己努力了，失敗了也就不會後悔了。你說是嗎？」她說。

我點頭，「是啊。」

其實我現在內心很亂，很想繼續勸說她，但卻又發現，根本不知如何去對她講。要知道，她走上這條路，還是因為我的鼓勵。更何況，我根本不可能給她另外的歸宿。

進入到酒店的房間，她朝我嫣然一笑，「我去洗澡，然後，裝扮成林青霞給你看。」

本來剛才的話題讓我感到有點鬱悶，但這時候，她卻讓我看到了她的可愛，我心裏的鬱悶頓時減輕了不少。

「你真調皮。」我對她說。

「你不相信是吧？一會兒你就相信了。」她說，隨即快速去到了洗漱間裏面。不多一會兒，我就聽見裏面傳來了流水聲，我的心裏頓時蕩漾起來，腦海裏面全是她不穿衣服時候的樣子。

忽然，我手機響了起來，拿出來一看，竟然是林易，「馮笑，陳圓說，你到重慶一天就回來，你還沒有回來嗎？」

「臨時有點其他的安排，明天上午回來。」我說。

「唉！你呀！」他歎息。

我有些詫異，「怎麼啦？」

「明天早點回來吧，回來直接去醫院。」他說。

我心裏猛地一沉，「究竟怎麼啦？是不是陳圓……」

「她剛剛被送到醫院去了，我馬上就去。馮笑，現在這麼晚了，估計也沒有到江南的航班了，你明天早點回來吧。沒事，家裏有我和她媽在呢。」他說。

「究竟怎麼回事？出什麼狀況了？」我心裏忽然慌亂起來，急忙問道。

「她摔了一跤，出血了，估計孩子……唉！現在的情況我也不知道，你打電話問問你們醫院吧。」他說。

這時候，莊晴從洗漱間裏出來了，她笑著對我說道：「馮笑，你看我像不像林青霞？」

我心亂如麻，根本就沒去看她，急忙在手機上翻看秋主任的電話，趕快撥通，「秋主任，我老婆剛才被送到醫院去了，麻煩您……」我的話還沒說完，就聽到她在說道：「我正在去醫院的路上，一會兒我告訴你情況，你別著急啊。」

她的電話掛斷了，我雙眼發直，「怎麼會這樣呢？」

「出什麼事情了？」耳邊聽到莊晴在問我。

我豁然地站了起來，「不行，我馬上去機場。莊晴，麻煩你退一下房間。」說完後，我急忙收拾東西，不到兩分鐘就拖著皮箱出了門。

「究竟發生什麼事情了？」莊晴大聲在問我。

「陳圓出事了，估計孩子……唉！」我長長地歎息了一聲，隨即在門外聽到了莊晴「啊」的一聲驚叫。

第八章

沉睡不醒的妻子

病房裏安靜得可怕，我坐在陳圓的身旁，
她的臉色已經變得紅潤，如同常人熟睡了一般。
我看著她的嘴巴動了幾次都沒有說出話來，
我的內心充滿著愧意，還有後悔。
但是，現在卻不是我向她表達愧意的時候，
在這情況下，絲毫的刺激，對她的病情都是不利的。

出了酒店，我招手上了一輛計程車。計程車司機問我去哪裏，我說去機場。他說不可以跳表，需要兩百塊錢。

「現在太晚了，所有的計程車都不按跳表的。」他說。

「走吧。」我說，哪裏還會去和他計較價格。

他頓時高興起來，「呼」地一下就將車開到了酒店外面的馬路上，車輪發出了「吱」的一聲。這是車速猛然加快輪胎在地上摩擦發出的聲音。我沒有制止他，因為我心裏很著急。

「這麼晚了，到機場去幹嗎？」計程車司機的心情看來不錯，他問我道。

「坐飛機。」我說，心裏也不踏實：這麼晚了，還有到江南的航班嗎？

「現在半夜的航班多了，那些打折機票都是深夜的航班。雖然晚了些，但是很便宜。」他說。

我沒有理會他。現在，我不知道該給誰打電話詢問陳圓的情況。本來打到科室的座機上去是可以的，但我不想耽誤值班醫生現在的工作，護士可能不清楚具體情況。所以，我只有等待，等待秋主任給我撥打過來。

去往機場的道路上一片空曠，黑夜中極少有車在馬路上行駛。計程車司機開車的速度很快，讓我耳朵裏充滿了轟鳴聲。

手機在響，我急忙接聽：「怎麼樣？」

「是我。」電話裏面傳來的卻是莊晴的聲音，「馮笑，你別著急。」

「嗯。」我說，「莊晴，就這樣吧，可能秋主任馬上會給我打電話來，我要讓手機保持通暢。」

她即刻掛斷了。

就在這時候，秋主任的電話真的打進來了，她問了一句我最不願意、也是最害怕聽到的話，「小馮，你決定一下，是要孩子還是要大人？」

「你決定一下，是要孩子還是要大人？」這句話在產科裏面時常會出現。當出現危及到孕婦和孩子的情況時，醫生總是會心情沉重地對孕婦的家屬說。

但是，我萬萬沒有想到的是，這句話有一天會落在我的身上。

我不可能回答說「兩個都要」。因為我是婦產科醫生，完全明白那樣說毫無意義。如果秋主任能夠做到的話，還會來問我嗎？

而且，我現在也不可能去問她陳圓和孩子的情況，因為沒有時間了。

我沒有一絲猶豫，直接回答：「當然要大人。」

人生有時候會面臨很多的選擇，但是有時候，人卻決定不了自己的命運。比如此刻的陳圓。但是我知道，孩子沒有了還可以再要，而這個世界上，陳圓卻只有一個。並且，孩子是我們的結晶，我還可以決定他的生死，可是對陳圓，我沒有任何權力決定她的生死。

而且，我盼望她能夠活下來。

電話早就被秋主任掛斷了，但我卻依然把它放在耳邊，當我醒悟過來的時候，才發現自己在無聲地流淚。

孩子，我的孩子沒有了……

在機場下了車，我感到自己的雙腿如同灌了鉛一般地沉重。我緩緩地朝候機大廳走去，發現裏面竟然還有稀稀落落的人。不多一會兒，許多人從裏面走了出來。我估計是一次航班剛到。

去到售票口詢問，對方告訴我說，去往江南最早的飛機是凌晨六點多的。我頓時頹然，忽然想起一件事情，「最近去往江北的飛機是幾點的？」

「正好有一班，正在檢票。」裏面的人說道。

「還有票嗎？」我問道。

「有，不過只能是全價。」售票員說。

我急忙掏錢，拿出身分證……一刻鐘後，我坐到了飛機上。

兩小時後，我到達江北機場，隨即與一輛計程車司機談好價格，對方答應一千塊錢送我到江南。

兩個半小時後，我到了我們醫院。

天已經亮了。

剛剛到科室就碰到了秋主任，她的雙眼紅紅的，「小馮，孩子還活著。」

我欣喜萬分，「陳圓呢？她怎麼樣？」

她卻在搖頭，「她失血過多，一時間找不到血源，因為她是RH陰性血，幸好搶救及時。唉！可是，她一直到現在還處於昏迷狀態。你去看看吧，在重症監護室裏面。小馮，對不起，我盡力了。」

「謝謝！謝謝秋主任！」我感激地道。

我當然知道她盡力了，不然的話，陳圓和孩子可能一個都搶救不過來。

林易和施燕妮都在那裏，保姆也在。

施燕妮看了我一眼，隨即掉淚，保姆卻是惶恐的神色。

「這麼晚還有飛機？」林易問我道。

我搖頭，「我從江北趕回來的。」說完後，我即刻推開了重症監護室的門。

陳圓躺在病床上，身上插滿了各種導線和管子。她的臉色蒼白，雙眼緊閉，嘴唇像塗了一層牙膏似的，白得可怕。

「陳圓……」我低聲地呼喊了她一聲，但她卻沒有一絲反應。我輕輕拿起她的手，發現有些冰涼，摸了摸她的脈搏，那裏微弱得讓我差點感覺不到。我急忙去看心電圖，發現血壓很低，急忙將她的手放回到被子裏，轉身出了監護室。

「怎麼樣？」林易問我道。

「這麼大個省會城市，怎麼會沒有RH陰性血液？」我說，急匆匆地去到秋主任的辦公室。

「省紅十字會的血庫裏面沒有與她同型的血，從江北那邊調了點過來，不然的話，後果更不堪設想。」秋主任搖頭說。

「她媽媽不是在嗎？」我問道。

秋主任搖頭，「合不上，她不是RH陰性血。」

我一怔，「怎麼會？」

「有可能不是啊。你是學醫的，難道不知道會出現這樣的情況？你這位岳父不是你老婆的親生父親，不然的話，他們兩個人當中至少有一個人的血是可以的。」秋主任說。

我點頭，「秋主任，陳圓她血壓低得厲害，必須輸血才行，怎麼辦？」

「林老闆和我們都聯繫了，血液馬上會從上海空運過來。但願你妻子能夠挺過去。」她歎息道。

「但願……但願她能夠挺過去。」我喃喃地說。

「去看看孩子吧，是個兒子，因為是早產，所以被我們送到兒科去了，我們科室沒有保溫箱。」她對我說道。

我搖頭，「不，我要去看著陳圓。」

她長長地歎息了一聲。

「秋主任，麻煩您了，您去休息吧。」我感激地對她道。

她點頭，「好吧，有什麼事情你馬上來叫我，我去值班室睡一會兒。」

我再次去到重症監護室。

「你們回去休息吧，這裏有我就行了。不要所有的人都耗在這裏，到時候真需要人的時候，你們全部倒下就麻煩了。」我對林易和施燕妮說道，隨即對保姆也說：「阿姨，你也去吧。」

「馮笑……」林易叫了我一聲。

「她在重症監護室裏，你們在這裏也毫無用處。」我說，不再理會他們，推門進去。

陳圓依舊昏迷著，我朝她匍匐下去，嘴唇湊到她的耳邊，說道：「陳圓，你聽得見我說話嗎？我知道，你聽得見的，快點醒來吧，快點醒來，看看我們的兒子。」

可是，她依然如故，根本就沒有任何的反應。

我握住她的手，「陳圓，不准再睡了啊，孩子餓了，你得起來餵孩子才行。」她的手軟軟的，我沒有從她的手上，感覺到一絲一毫的力量。

我不禁歎息，我知道，她失血過多，現在應該僅僅是處於休克狀態。隨即，我將她的手放了回去，我在祈禱：但願她需要的血液儘快能夠送到。

有人在敲重症監護室的門，我即刻出去。是林易。

「馮笑，我們回去了。你說得對，我們所有的人都在這裏無用。你施阿姨就留在這裏吧，她畢竟是小楠的媽媽，回去也不放心。」

我看了施燕妮一眼，「這樣吧，您回去休息幾個小時後再來。我要等上海的血到了再說。」

「我問了，飛機已經到我們省的機場了，馬上就會送到的。」林易說。

「太好了。」我頓時欣喜。

現在，陳圓完全是靠輸液和藥物在維持著血壓及其他生命體徵，但是，如果一直得不到血液補充的話，會非常的危險。現在，我最擔心的事情只有一個，那就是長時間的休克可能會帶來巨大危險。

他們在我的勸說下離開了。我進入到監護室裏面，靜靜地坐在陳圓的旁邊。我靜靜地看著她，同時在苦苦等候血液的到來。我的手機已經關掉，因為我不想任何人在這種情況下打攪我。

不到一個小時，血液運到了。

我急忙吩咐護士給陳圓輸血。

護士說：「不合血啊？」

「從上海空運過來的，早就把這邊的樣本送過去了啊！你以為人家隨隨便便就送過來了啊？」我不滿地看了護士一眼，覺得她笨得可以。

護士的臉頓時紅了，急忙去給陳圓輸血。我看著一滴滴鮮紅的血液滴進陳圓的血管裏，心裏充滿著希望。

時間一分一秒地過去，我一會兒去摸她的脈搏，一會兒去看監護儀器上的那些顯示她各種生命體徵的資料，心裏慢慢地放鬆，因為我看到她的呼吸、脈搏以及血壓都在慢慢地恢復正常。謝天謝地，阿彌陀佛！我在心裏感謝上蒼。

四十分鐘後，第一袋血輸完了，我給她換上了第二袋，然後繼續靜靜地等候。現在，我不再緊張，因為所有儀器顯示出來的資料都基本接近正常了。

這時候，我才去想另外一件事：我們的孩子長得像什麼樣子了？兒子？他應該像陳圓。於是，我在幻想著他的模樣，頓時笑了起來，嘴裏嘀咕道：這小子，今後一定是個帥哥。

我的臉上頓時綻開了笑容，隨即去看著陳圓，低聲地道：「陳圓，你需要的血來了，你已經好起來了，快點醒來吧，一會兒我去把我們的兒子抱過來，給你看看。你生的兒子哦，肯定很漂亮的，是不是？」

她依然沒有反應，於是我繼續地道：「我知道了，你很累了是不是？好吧，那你就再休息一會兒。不過，你不能睡得太久啊，我們的兒子可是很餓了，等著你餵他奶呢。好吧，你再睡半小時，我在這裏陪著你睡好不好？」

說實話，我真的很累了，在看到她的各種生命體徵都恢復正常後，我緊繃的神經頓時鬆弛了下來。與此同時，倦意也開始朝我席捲而來，我趴在她的床頭，沉睡了過去。在睡著之前，我在心裏對自己說道：半小時，只能睡半小時。

我相信自己在半小時後肯定會醒來的。

醒來後我看了看時間，剛剛好半小時。人體的生物鐘就是如此神奇，人的心理暗示作用的確是很強大的。

我急忙去看陳圓，發現她竟然仍然處於沉睡狀態。

我心裏一沉，輕聲地叫了她一聲：「陳圓，陳圓！」沒有反應。

我突然想到了一種可能，臉上的汗水開始滾滾而下——她缺血這麼久，腦組織很可能受到了損傷！如果真的是這樣的話，那可就麻煩了，或許，或許她永遠都不會醒來！

想到秋主任剛剛睡下不久，再看了看時間，發現已經八點過，我急忙朝神經內科跑去。

我直接去到了主任辦公室，「李主任，麻煩您一件事情。」

我顧不得禮節，進去後就直接對神經內科的這位全國知名的專家說道。

「小馮啊，別著急，慢慢說。」他很溫和地朝我笑著說。

「李主任，我妻子……」我即刻簡單地把陳圓的情況對他講了一遍，他一邊聽著，一邊在皺眉頭，神情也慢慢變得慎重起來。

「李主任，我懇求您，懇求您去看看好嗎？我現在很擔心她會因為腦缺血而造成腦部損傷。您是神經內科的專家，我求求您了。」我心亂如麻，不住地、低聲地懇求道。

他微微地點頭，「你說的那種情況很可能存在。走吧，我去看看。」

我不住地道謝，心裏卻更加慌亂起來。因為他想到的和我一樣了，這就說明我擔心的事情很可能會發生。

李主任帶上了檢查用的工具：一隻小電筒，一個叩診錘。

到了我們科室的重症監護室後，李主任開始對陳圓進行仔細檢查。先是檢查了她的雙眼，然後是她肘部及膝關節等處的神經反射情況。他檢查得很仔細，完成檢查花費了至少半小時的時間。

「怎麼樣？」當他停下來的時候，我問道，心裏異常惴惴不安。

「你的判斷是正確的。」他搖頭歎息。

我頓時如同墜入了冰窟窿一樣，全身顫抖起來，「李，李主任，那怎麼辦？」

「你也知道，像這種腦損傷是不可逆的，恢復很困難，幾乎不大可能。」他歎息，「小馮，你要有心理準備。」

「什麼心理準備？」我呆呆地問，因為我的腦子已經變成了一片空白。

「你妻子很可能再也醒不過來了，很可能就這樣一直沉睡過去了。唉！怎麼會這樣？」他歎息。

「不，不會的。」我喃喃地說。

「或許……」他忽然地說道，我急忙去看著他，彷彿抓到了一根救命的稻草，「李主任，您快說。」

「我們另外那家醫院有高壓氧，你可以讓你妻子去試試看。高壓氧是一種新型的治療方式，主要適用於腦水腫、腦復甦等疾病的治療。方法很簡單，就是將她置身於高壓氧艙內進行加壓吸氧，以達到治療疾病的目的的方法。不過，因為設備昂貴，佔用的地方也很大，所以我們醫院一直沒有開展起來。」他解釋說。

「有效嗎？」我問道。

他搖頭，「難說，而且要經過長期的治療，費用也比較高。從目前全國各大醫院治療的效果來看，雖然並不是十分理想，但還是有人在那種治療下恢復了健康。你看著辦吧，或許是一種機會。」

他隨即歎息著離開了。

我呆呆地站在那裏，竟然忘記了向他道謝。

我是醫生，即使再衝動，也不至於去做無謂的哀歎。李主任是專家，我知道他說的都是真話。

我隨即給導師打了個電話。

她這次竟然沒有嘮叨，「來吧，我把病房準備好。怎麼會出這樣的事情呢？」

一到那邊的醫院，我首先去給她做了一次高壓氧治療。我知道，這樣的治療越早越好。可是，陳圓依然處於昏迷狀態。

也許再做幾次就好了。我對自己說。

高壓氧不能做得太過頻繁，因為那樣容易造成氧中毒。任何事情都有其缺點，就如同藥物一樣。

陳圓不再住在重症監護室裏，但監護儀器依然上著。導師親自給她檢查了一遍，親自給她在剖腹產手術後的傷口上換了藥。

她看著我歎息道：「馮笑，你放心吧，我會讓護士們好好看著她的。你也累了，回去休息吧。」

我搖頭，「我相信她馬上就會醒過來的，以前她也昏迷過，後來是我把她喚醒的。我想和她多說說話，或許明天她就醒過來了。」

導師歎息著離開。

我知道陳圓能夠醒過來的可能性很小，但是我認為即使只有百分之一的可能也應該爭取。因為對病人來講，百分之一其實也就是百分之百，努力了，或許那一百個人裏能夠恢復的就是她，如果不爭取的話，那很可能就是百分之零。我是醫生，在這個問題上比任何人都清醒。

病房裏面安靜得可怕，我坐在陳圓的身旁，她的臉色已經變得紅潤，如同常人熟睡了一般。我看著她，久久地看著她，嘴巴動了幾次都沒有說出話來，因為我的內心充滿著愧意，還有後悔。但是，現在卻不是我向她表達愧意的時候，在現在這種情況下，一絲一毫的刺激，對她的病情都是不利的。

「陳圓，別睡了。昨天晚上我們不是說好了嗎？你只睡半小時就醒來，孩子在等著你去給他餵奶呢。你不知道，你這樣一直睡著，他可餓壞了。我沒辦法啊，只好買奶粉給他餵了。可你是知道的，牛奶哪裏比人奶好呢？陳圓，快醒來吧，你可是當媽媽的，千萬不能讓我們的兒子受苦啊……」

我就這樣一直在她旁邊嘮叨著。

她依然沉寂地睡著。我對著她說了很久很久的話，忽然感覺自己今天說的話，比和她認識以來說的話的總和還多，頓時悔恨萬分。

我猛然想起趙夢蕾來，想起趙夢蕾死後，自己和陳圓在一起的那些點點滴滴的事情，心裏更加悔恨與痛苦，眼淚禁不住流下，再也無法克制自己，放聲哭道：

「嗚嗚！陳圓，對不起，我對不起你。我知道你為什麼不願意醒來了，我知道你是不想看見我，因為你恨我，討厭我了。陳圓，是我不對，我不該那樣。你醒來吧，只要你能夠醒來，你要我做什麼都可以……」

我在向她傾訴，而這種傾訴的結果卻是悲傷。我的雙眼已經模糊，腦海裏想到的是她曾經受到的那些苦難，而那些畫面卻讓我更加難受與悲傷。

忽然聽到了哭聲，我霍然一驚，急忙揩拭了眼淚去看，頓時失望之極：陳圓依然在沉睡，她的臉上一片寧靜。我這才感覺到，哭聲是從自己身後傳來的。

那是施燕妮的聲音，是她哭泣的聲音。不，還有……我去看，發現還有一個人，阿珠，她也在那裏淚眼滂沱。

林易進來了，他在輕輕拍我的肩膀，「馮笑，你回去休息吧，你這樣不行的，讓小楠的媽媽在這裏陪她吧，或許她媽媽的話她會聽的。你說呢？」

「馮笑，你別這樣，你的孩子還在醫院裏呢，去看看孩子吧。」我聽到阿珠在對我說。

「孩子……」我喃喃地說，隨即去看了施燕妮一眼，發現她正握住了陳圓的手，她在低聲地哭泣，眼淚在一滴滴掉落。

「對，馮笑，我們去看孩子吧，這裏有你施阿姨在。有些事情你不要著急。你是醫生呢，也許小楠需要時間，明天再做治療後，就可能醒過來了。你要給她點時間，好不好？今天晚上你回去好好休息，明天，或許後天，小楠都需要你陪呢。走吧，我先帶你去看孩子。」林易的手在我的肩膀上面輕輕地拍著，低聲地對我說道。

「明天……」我說，心想很可能會像林易說的那樣，隨即站了起來。

「馮笑哥哥，我也陪你去看孩子吧。」我聽到阿珠在說。

我搖頭，然後直接走出了病房。

夢的意義

夢是人的潛意識，也可說是人原始本能的反應。
在我清醒後，悲傷即刻進入了我的靈魂。
我開始真正地害怕與悲傷起來。
我忽然有了一個可怕的想法：
彷彿與我有過婚姻的女性，都是那麼的不幸。

在車上，我和林易什麼話都沒有說。我不想說話，因為我的心裏只有悲傷和悔恨。我相信林易知道我現在的心境，而且，我也相信他知道我這次去重慶是因為什麼。

雖然他不是陳圓的親生父親，但是我依然覺得愧對於他。他越是不責怪我，我就越加感到慚愧。

不過，當我們要到我們醫院的時候，他卻終於說話了，「馮笑，你不要過於責怪自己。你想過沒有，即使你在江南，你在家，這樣的事情一樣可能會發生。我還是那句話，一個人一個命，逃不掉的。唉！」

「我在的話，她不可能摔倒。」我說，喃喃地說。

「她是上廁所的時候摔倒的，幸好保姆發現得及時。你在家的時候，這樣的事情也一樣可能發生，不是嗎？」他說。

我頓時默然。

林易說得對，即使我在江南，在家，也不會陪著她上廁所，甚至還可能不在家裏面。但是，這並不可以作為我原諒自己的理由。

我想不到，自己曾經對不起趙夢蕾，現在又對不起陳圓……這一切只能說明一點，那就是我太不負責任了。

難道這就是報應麼？我在問我自己。

我們醫院的兒科病房就在我們婦產科隔壁，在一般情況下，除了兒科病房的醫生之外，其他的人是不可以進入到新生兒的住院區域的，更何況我的孩子還是早產兒，外面的人進去很容易造成孩子的感染。

但我不一樣，兒科病房的醫生認識我，不過，他們只允許我一個人進去。

孩子在一間相當於重症監護室那樣的病房裏面，在保溫箱裏。給孩子使用保溫箱，是為了給孩子創造一個溫度和濕度都適宜的環境，使孩子的體溫保持穩定，從而提高未成熟兒的存活率，有利於高危新生兒的成長發育。

在進入病房前，我穿上了白大衣，還消了毒。

「馮主任，這就是你的孩子。」帶我進去的護士指著一個保溫箱對我說。

我的心情頓時激動了起來，緩緩地朝那個保溫箱走了過去。

我看見他了，但是，我的眼淚卻在這一刻，止不住地流了下來。

孩子太小了，他的頭還沒有我的拳頭大。他雙目緊閉，頭上只有絨毛，臉上瘦得不成形，像剛剛出生的猴子似的難看。

外面婦產科經常有嬰兒出生，但是我以前看到的大多是正常的嬰兒，而我眼前的這個孩子，看上去要比那些正常嬰兒小一半都不止。而且，孩子在保溫箱裏沒有任何反應。我仔細地看著他，沒有從他的臉上發現一絲一毫陳圓的影子，唯一覺得他是我的孩子是因為他的鼻子，他的鼻翼有些小，和我的一樣。

不知道是怎麼的，我發現自己並不喜歡這個孩子，因為我忽然想到他給陳圓帶來的傷害。但是，我忽然又對他有了一絲愧疚的感覺，因為我想到自己在電話上對秋主任的那個回覆。我想不到，這個孩子的生命力竟然是如此頑強，他竟然能夠存活下來。

現在，我看著孩子，內心百感交集：他和他媽媽都在沉睡，而我卻獨自清醒。就這樣，我一直癡癡看著保溫箱裏的孩子，猛然地，我的腦海裏有了一個奇怪的想法：如果這孩子能叫一聲「媽媽」就好了，或許，他的呼喊可以讓陳圓醒來。

後來，是護士的提醒才讓我清醒了過來。

護士對我說：「孩子目前情況不錯，不過可能得在保溫箱裏待很長的時間。」

我點頭。

我當然知道，保溫箱是為了讓孩子補足他提前從娘胎裏面出來所需要的那個發育過程。早產兒往往可能出現各種各樣的情況，包括一些身體上的缺陷。但是，我現在不可能去考慮那些問題。他能夠活下來就好。我在心裏說。

林易把我送回了家。

保姆給我做了一碗荷包蛋，我這才感覺到了饑餓。吃完東西，我即刻把自己扔到了床上。我感覺自己不但疲倦，而且全身痠痛難當，但是卻根本不能入眠。我剛閉上眼就開始做噩夢，噩夢中全部是趙夢蕾，還有陳圓變了形的臉。

我歎息著打開了燈，然後去拿出手機，開機。

裏面有兩條簡訊，一條是莊晴的：陳圓沒事吧？我心裏很愧疚，回電話好嗎？

還有一條是余敏的：聽說你家裏出事情了，我很抱歉。公司的事情已經辦好了。我不知道該對你說什麼，只是希望你老婆早日康復，希望你們的孩子健康。

我即刻刪除了余敏的簡訊，因為她的簡訊讓我心裏更難受。

正準備刪除莊晴的，但我猶豫了許久之後，還是歎息著給她撥打了過去。

「馮笑，你終於給我打電話了。陳圓究竟怎麼樣了？孩子呢？」電話裏傳來了她急促的聲音。

「陳圓昏迷不醒，孩子活下來了，但是情況很不好。莊晴，我不想說話了，就這樣吧，這都是報應。」我說著，發現自己的眼淚開始流下。

可她卻繼續在說：「怎麼可能會出現這樣的情況？現在生孩子的女人多了去

了，怎麼偏偏就陳圓出事了？」

「她是RH陰性血，因為失血過多，但是一時找不到血源，所以才出現了腦缺血。莊晴，我真的不想說了，我覺得自己好累……好後悔。」我說。

「她媽媽不是在嗎？怎麼可能沒有血源呢？馮笑，你別忙掛電話，我覺得這件事情不大對勁。以前我就覺得有些不對勁，馮笑，你想過沒有，難道你不覺得陳圓找到她的父母這件事來得太突然？不，可能我的意思沒有表達清楚，但是，我的意思，你應該明白的吧？你想過沒有？哪裏有那麼巧的事？你認識了林老闆，然後恰恰林老闆的老婆又是陳圓的媽媽……

「本來這件事情我以前就想對你講的，但是我不敢，因為我不想讓你覺得我心存壞心，而且我也不希望陳圓失望。那時候我想，不管那個人是不是陳圓真正的媽媽，但陳圓很希望能夠找到自己媽媽的，假的也比沒有的好。

「不過，今天聽你這樣講，我就不得不提醒你了，我覺得這件事情好像不對。馮笑，林老闆是江南首富，那位常廳長也是官場中的顯赫人物，我很擔心你這樣一位小醫生夾在中間，會捲入到不該捲入的事情裏去。馮笑，我真的忽然害怕了。我的意思你明白嗎？」她說得很快，而且意思混雜不清。

但是，我聽懂了。

可是我現在心裏很煩，而且覺得莊晴不應該在這種時候說這樣的事。我不相信她的懷疑，因為我記得施燕妮第一次看見陳圓時候的那種表現，還有今天她的那種悲傷。

我相信一點：哭泣是可以偽裝出來的，但是，那種發自骨子裏的悲傷是無法偽裝的。施燕妮的那種悲傷，就如同一種氣場，她發出的那種悲傷，曾經侵入到了我的骨髓裏。

我相信自己的感覺。

可是，莊晴接下來問了我一個問題，而這個問題讓我忽然感到了一種不安。她問我：「你怎麼證實她就是陳圓的親生母親？」

我掛斷了電話，因為我忽然發現，莊晴的這個問題直擊這件事情的要害。

不，不是這樣的，我不應該懷疑這件事情。林易為什麼要這樣做？如果陳圓不是施燕妮的親生女兒的話，她假裝認下陳圓，有什麼好處？林易要讓我幫忙，替他搭上黃省長的橋，完全可以用錢的啊？林易是聰明人，絕不會把簡單的事情搞得複雜化的，而且，他這樣做遲早會被發現有危險的。那樣的話，只能是弄巧成拙，得不償失。這可不是林易的風格。

可是，莊晴為什麼要提醒我這件事？而且，還是在這個時候。

明天，但願明天陳圓真的能夠醒過來。我對自己說。其實我內心知道，自己對這件事情沒有抱多大的信心。

馮笑，你一定要有信心啊，上次她不就被你喚醒了嗎？我隨即又對自己說。

嗯，她明天一定會醒過來的。於是，我再次對自己說道。

隨後，我忽然看見了她，陳圓，她正抱著孩子笑吟吟地在朝我走來……

「哥，你看我們的孩子，你看，他長得和你一模一樣。」她來到了我身旁，亮開了孩子的臉。我驚奇地發現，孩子長得果然和我小時候照片上的樣子一模一樣，特別是他的鼻翼，簡直就是我的翻版。

「真的，好像我。」我笑。

「他應該長得像我才好，兒子像媽媽，今後才會有福氣。」陳圓說。

於是我去看孩子，又去看陳圓，「怎麼不像你？你看孩子的眼和眉很像你。」

「不像，哪裏像了？」她說。我驚訝地看見她的神情在慢慢變化，忽然聽到她大叫了一聲：「這不是我們的孩子，他是個妖怪！」

「別胡說。」我說，隨即駭然地看見陳圓用力地將孩子扔了出去，「馮笑，這不是我們的孩子，我們的孩子被別人換了！」

我大駭，「陳圓，你瘋了?!」

「哥，這不是我們的孩子，這不是我們的孩子！」她猛然地發出了驚叫聲，「哥，我們的孩子在那裏，你看！」

我朝她指的方向看去，只見在一片濃霧的邊緣，一個孩子正在朝我們招手。陳圓快速地朝那孩子跑去，我驚聲地大叫：「陳圓，快回來！」

因為我忽然看見，我們的前面是萬丈深淵！

從噩夢中醒來，我的身上全是汗水。我當然知道自己為什麼會做那樣的噩夢了，因為那個夢代表的也是我的潛意識，它代表的是我的一種恐懼。我完全可以分析出來在我的潛意識裏有著兩種恐懼：第一，害怕失去陳圓。第二，對孩子的狀態失望。

害怕失去陳圓是必然的，因為趙夢蕾已經離開了這個世界，我無法再接受陳圓現在的狀態；而孩子……

我們每個人在自己孩子出生前都是抱有幻想的。在我們的幻想中，自己的孩子都是漂亮可愛的，因為孩子代表的是自己的未來，代表的是自己生命的延續。可是，我和陳圓的孩子卻是早產兒，今天，我根本就沒從孩子身上看到自己曾經想像過的那種美好。

曾經聽人講過，初當父親的人，最開始對自己的孩子都是沒什麼感情的，因為父親不像母親那樣經過十月懷胎，沒有與孩子有過血脈交融，更沒有過心靈的交匯。現在，我完全相信這種說法了。我發現，自己現在對孩子的感覺，就好像初次見到某個女人一樣，只是注重外形上的東西。

夢是一個人的潛意識，也可以說是一個人原始本能的反應。但是，在我清醒過來後，悲傷即刻進入了我的靈魂。我開始真正地害怕與悲傷起來。

我忽然有了一個可怕的想法：彷彿與我有過婚姻的女性，都是那麼的不幸。

我在床上渾渾噩噩睡到天亮然後起床。保姆已經做好了早飯，她在我面前欲言又止。我搖頭說道：「阿姨，你別過意不去，我知道，陳圓的事情和你沒關係。」

「姑爺，我真的沒有想到會出這樣的事情。可是，我是你們請來的人，應該注意這些問題的。姑爺，對不起。」她低聲地說。

「唉，現在我有些相信命這東西了。」我搖頭歎息，好像很想給自己找到一個解脫的理由。然後，我開始吃飯。

「姑爺，小姐是不是中邪了？」她問。

我苦笑，「那倒不是，看她的造化吧，但願她能夠儘快醒轉過來。」

「你們兩個都是好人，怎麼小姐就會出這樣的事情呢？這人啊，就是不能太好了，太好了，鬼神都要嫉妒呢。」她歎息著去到了廚房。

我依然在苦笑，我覺得自己家裏的這位保姆太迷信了。

我隨即去上班。

雖然陳圓出了事，但我還是必須去科室看看，先處理完工作再去陳圓那裏看看。

「馮主任，這是這個月的獎金分配單，請你簽字，還有年終獎的單子。」護士長見到我的時候，對我說。

我朝她淡淡地笑，「你什麼時候回來的？」

「昨天下午，我也是剛剛聽說你老婆的事情。馮主任，科室的事情你就不要花費太多時間了，有什麼事情我給你打電話就是。馮主任，我發現你這幾年也很不順啊。」護士長歎息著說。

「沒辦法的事情。」我說，心裏不想談這個話題了。

「彩超的事情，我這邊已經辦好了，現在就是收錢了。我去建了一個帳戶，讓大家把錢都匯到這個帳戶裏面去，然後，把錢劃給器械公司。」她又說道。

我點頭，「一會兒麻煩你把帳戶給我，我去把錢匯進去。那幾個困難職工的問題解決了沒有？」

「上次你不是說解決了嗎？對了，她們給你的借條都在我這裏呢。」她說，隨即拿出來給我看。

我沒去看那些借條，「知道了，我一併匯進去就是了。護士長，這件事情就麻煩你全權負責了。最近，我可能要花很多時間在我老婆那裏，還有我孩子的事情。拜託了。」

「沒事，你去忙吧。有事情我給你打電話，科室的人都會理解你的。」她說。

「護士長，還有件事，麻煩你隨時關注醫院科室集資購買設備這件事情的動向，如果醫院的政策沒什麼變化的話，你注意一下，看還有什麼好的檢查專案沒有。這件事情你也多問問醫生們，她們應該心裏有數。到時候，我們多開展幾項的話，大家的收入一下就上去了。」我隨即說道。

「好的，馮主任，你早當我們的頭就好了。」她高興地道。

我搖頭，「說實在的，我總覺得彩超的項目大了些，醫院很可能會收回去。所以，我覺得我們應該提前想好退路。」

「不會吧？」她張大著嘴巴問我道。

「當然不會馬上收回去，不過，我覺得一年之後就難說了。那時候，不育不孕中心已經建好了，醫院的資金也不會再這樣緊張了。不過，我們也不用擔心，至少我們每個人的本錢回來了，而且，還有了些收入。但是，我的想法是，不能搞一錘子買賣，要有幾個項目長期做下去，這些事情最好未雨綢繆。護士長，最近我確實沒時間，所以，這件事情也麻煩你和大家商量一下。好嗎？」我解釋道。

「馮主任，我明白了。你考慮問題很長遠，而且都是在替我們科室的人著想。我們很幸運啊，有你這樣的好領導。」她笑著對我說。

我背上的雞皮疙瘩頓時起了一大堆，「護士長，就這樣吧，我馬上去我老婆那裏，科室的事情就拜託你了。」

讓我感到沮喪的是，陳圓卻依然如故地昏迷著。

再做幾次高壓氧治療就會醒過來的。我對自己說。不管是不是安慰自己，我還是堅持把她送去做治療。

根據醫院的治療方案，高壓氧治療每週六次，每次一個小時。我在高壓氧艙外邊等候一個小時後，護士把陳圓從裏面推出來，我急忙上前去問：「怎麼樣？」

她們在搖頭。

我心裏再次失望。

再做幾次就會醒過來的，一定！我對自己說。

然後，我跟隨護士一起推著陳圓去到了病房。

導師在病房裏等候我，「馮笑，我想和你說件事，中午去我家裏吃飯吧。」

我搖頭，「老師，您在上班，回去做飯很花時間的，我們去外面吃吧。」

「珠珠在家裏做飯呢，她昨天晚上夜班，今天休息。走吧，有幾件事情我想和你好好談談。」導師說。

我無法推辭，隨即和導師一起去到了她的家裏。

阿珠看到我的時候很高興的樣子，「馮笑，你今天好好嘗嘗我做的菜，味道很好呢。」

「珠珠，你怎麼沒大沒小的？你應該叫他哥哥才對。還有，你馮笑哥哥現在心情不好，你別在他面前調皮。」導師即刻批評她女兒道。

阿珠朝我做了個鬼臉。

我只好苦笑著說道：「老師，有些事情已經遇到了，那也是沒辦法的事。」

她即刻招呼我坐下，阿珠端菜去了，一會兒就是滿滿的一桌。

我問：「唐老師呢？他中午也不回來？」

「他中午在他們單位吃食堂，這個老頭子，搞起科研來不要命了。」導師笑著說，「他這個人沒其他什麼愛好，隨便他吧。」

「馮笑，你嘗嘗我做的菜。」阿珠說，臉上是燦爛的笑容，很可愛的樣子。我去夾了一塊魚，然後送到嘴巴裏……差點吐了出去！太鹹了！但是我忍住了，慢慢地吃了下去。

「怎麼樣？」阿珠問我道，小心翼翼的神情。

「不錯。」我笑了笑說，隨即去問導師：「您不是說要對我說什麼事情嗎？」

「我就是想對你說你妻子的事情。」導師說，隨即也夾了一塊魚……

「阿珠，你做的什麼菜啊？鹽罐打翻了？太鹹了！」

「不會吧？」阿珠說，隨即也夾了一口來吃了，「啊！真的，怎麼這麼鹹？馮笑，你幹嗎還說不錯？」

「好啦，我們吃其他的菜，我對馮笑把事情講完再說。」導師說道，「馮笑，你想過一種結果沒有？那就是你妻子一直醒不過來的情況。今天我再次給她檢查了一遍，發現問題很嚴重，雖然她頭部的核磁共振結果並沒發現大的問題，但是你應該清楚，大腦功能性損害不一定有器質性變化。馮笑，雖然我在科室裏，在費用上可以照顧一部分，但是，長期下去會很麻煩的。她在裏面住個一年半載的無所謂，但是長期住下去，你想過後果嗎？一年至少得花幾十萬呢，而且，治療的效果也是一個未知數啊。」

導師很嘮叨，但是她的意思我完全聽明白了。

「先治療一段時間再說吧。」我說，「以前她也昏迷過，後來醒了，我相信奇跡會再次在她身上發生的。」

「哦？以前是什麼原因？你怎麼治療的？」導師問道。

「上次和這次不一樣，上次是她受到了傷害，是心理性的因素為主。不過我覺得，這次她依然有心理性因素，因為她自從懷孕以來，一直都很緊張。」我說。

導師搖頭，「完全不同，這次她非常明顯是腦部缺血而造成了腦組織損傷。」

我放下了筷子。

說實話，阿珠做的菜沒有一樣好吃。

「老師，您有什麼話就直接說吧。」

阿珠看著我，不好意思地笑了，「馮笑，不好意思啊，我從來沒做過菜，味道確實太差了。」

我搖頭，「沒事，我心裏煩，根本沒心思吃東西，難為你還想到去下廚房。」

「是啊，今後你還是不要做菜了，可惜了這些東西了。唉！今後你找個廚師算了。」導師說。

「媽，馮笑在問你呢，你怎麼說到我這裏來了？」阿珠不滿地道。

「馮笑，我的意思是這樣，你看行不行？首先呢，還是讓你妻子在醫院住一段時間，主要是進行高壓氧治療，我們的護理也要跟上，儘量不讓她生褥瘡。其次，我安排護士定時對她進行喚醒，但是效果怎麼樣就不知道了，這個我就不多說了。我的想法是，如果你妻子在醫院住了一段時間仍然沒效果的話，我建議你把她接回家裏去，請一位退休的護士長期在你家裏服侍她。這樣的話，費用也會便宜很多，而且，你也不至於像現在這麼麻煩。馮笑，你還年輕，雖然家庭是現在這個樣子了，但你的事業不能扔下啊？你說是不是？所以，我覺得，剛才我提出的這個辦法是最好的。」導師說。

我頓時怔住了，隨即搖頭，「老師，現在我們還是不忙著說以後的事情吧，萬一她甦醒過來了呢？」

導師在歎息，「你這孩子啊！也行，治療一段時間再說吧。唉！怎麼這樣倒楣的事情都被你碰上了呢？RH陰性血雖然少見，但是血庫裏應該配備啊？怎麼正需要的時候就沒有了呢？」

「可能是很長時間沒有人需要那種血型的血了，保存它們可是需要費用的，現在什麼都要講效益呢。」阿珠在旁邊說。

「那需要多少費用？」導師不滿地道，「說到底還是一切向錢看造成的。唉！現在我們醫院又何嘗不是如此啊？前幾天我們科室來了一位非常貧困的病人，因為沒有預交醫療費，醫院就是不准她入院。後來我看這個病人確實可憐，去找入院處通融了一下。結果現在好了，一萬多塊的醫療費，只有我們科室裏負責了，搞得我兩頭不是人。」

「老師，您放心，我妻子的費用不會欠一分錢的，不管住多久的院，都不會欠一分錢的。」我急忙道。

「媽，你太過分了。他老婆的家裏可是有錢人，你怎麼這樣說啊？即使馮笑沒有錢，你也不該這樣啊？」阿珠不滿地道。

「我沒有說馮笑的事情啊？我就是想到哪裏就說到哪裏。」導師急忙地道，隨即歉意地對我說：「你別在意啊，我真不是針對你說那件事情。」

我笑道：「我知道的，老師，您別那麼在意，我說的也是真話，現在我手上還有些錢，是我自己的錢，可以保證我妻子幾年的治療沒問題的。」

「就是，你把你那輛車賣了，也可以維持好幾年的。」阿珠說。

「那倒不至於。」我笑道，隨即去對導師說道：「老師，費用不是問題，我只想要結果，那就是儘快讓陳圓醒過來，無論花多少錢都行。」

導師點頭，「這樣吧，我今天下午安排一次全院專家的會診，如果需要的話，我們還可以從北京、上海去請專家過來。」

「只要有效果就行。」我想了想，然後說。

「誰能夠保證呢？」導師歎息道，「馮笑，你也是醫生，你應該明白一點，有些事情我們盡人力就行了。你自己可能還沒發現，其實你心裏是知道結果的，只不過你不忍心放棄罷了，正因為如此，我才提出這個方案來，至少經過我們的努力，你也安心了，也許你認為我的話很冷酷無情，但是我們必須得講科學，很多事情，我們的願望是好的，但是，結果卻不一定如同我們想像的那樣。

「馮笑，當你在面對其他病人的時候，肯定不會這樣是吧？所以，我希望你能夠冷靜一些，現實一些。你掙錢也不容易，沒必要這麼浪費的啊。」

我搖頭，「不，正如您所說的那樣，我必須要做到最大限度的努力，不然，我是不會放棄的。」

「媽，馮笑這麼有情有義，你就不要再勸他了。媽，我發現你越來越冷酷了，真的。」阿珠說。

「我是為了馮笑好，對其他的病人，我才懶得這樣說呢。」導師說。

「我知道，謝謝老師。」我說。其實我完全明白導師的意思，但是事關陳圓，我怎麼可能隨便放棄呢？

其實，我現在已經明白導師叫我來的意思了：一是讓我有最壞的思想準備，二是擔心陳圓治療費用的問題。

我並不覺得導師是那種勢利的人，因為她提到的問題都很現實。導師是碩導，是婦產科專家，但她首先是一個人，一個平平常常的女性，她完全是站在長輩的角度對我談那番話的。我也是醫生，知道她那樣的話完全是出自於真誠，如果我不是她的學生的話，她不一定對我講呢，所以，我並不覺得有什麼。

接下來，我們不再談陳圓的事情了，導師一直在嘮叨阿珠的廚藝。奇怪的是，阿珠好像並不生氣，我估計她可能是早已經習慣了。

不過，我還是鼓勵了阿珠，「不錯，第一次做菜就有這水準不錯了，至少煮熟了的。」

阿珠頓時不滿起來，「馮笑，你這話還不如直接批評我得了。」

我大笑。

這是我最近兩天來的第一次笑，真正的笑。大笑過後，我感覺心裏舒服多了，至少內心的沉鬱被釋放了不少。

第十章

孩子的名字

我給孩子的名字裏取了一個「夢」字，
這說明，在我的潛意識裏想到了趙夢蕾。
趙夢蕾曾經是那麼想要一個孩子，
可是，當她知道自己的結局後，還是忍痛放棄了。
但她絕對不會想到有一天，當我真的有了孩子後，
這個孩子竟然不能得到母親的呵護。
難道，這真的就是命麼？我不禁歎息。

吃完飯後，阿珠送我出門，「馮笑，我請你去外面吃點吧，我看你根本就沒吃什麼東西。都怪我，本來想好好做幾樣菜讓你多吃點的，結果做成了那個樣子。」

我搖頭，「不用了，我再去和陳圓說會兒話，然後，還得回去上班呢。」

「我自己也沒吃飽呢，走吧，算是你陪我的吧。」她說，隨即低聲地對我道：「媽媽肯定在下麵條吃。」

我頓時笑了起來，「那你也回去陪她吃麵條吧。」

「馮笑，本來我不想在這時候來煩你的，但是，我覺得可能只有你能夠幫我。所以，我希望你給我一點時間，就一頓飯的時間，好不好？」她即刻對我說道，神態極其認真。

我看著她問道：「什麼事情？」

她轉身去看了她家的門，「你等等。」隨即進屋去了，我聽到她在屋裏大聲地說了一句：「媽，我出去了。」

一會兒後她出來了，隨手拉上了門，「走吧，我們一會兒吃飯的時候再說。」

我好奇心頓起，「你先說說，究竟什麼事情？」

「我爸爸的事情。一會兒我們坐下來後我慢慢告訴你。」她說道。

就在醫院後門處的一家酒樓，我和她相對而坐。阿珠非得要我點菜，還說今天必須由她請客。

「馮笑，今天必須我付賬，不然的話，我可要生氣了。」

我笑了笑，隨即點了三菜一湯：回鍋肉，麻婆豆腐，炒豆芽，番茄雞蛋湯。

「都是下飯的菜，馮笑，看來你真的餓了啊，對不起啊。」她看著我笑。

「可惜了那條魚，人家在河裏自由自在的，結果被人撈了起來。這也就罷了，還被你做成那麼難吃的味道，我都替那條魚感到冤屈呢。」我說。

「馮笑，你討厭！有你這麼說人家的嗎？」她頓時惱怒起來，當然是假裝惱怒，因為她隨即便笑了，輕聲地道：「馮笑，看到你心情好點，我很替你感到高興。」

她的話讓我感動不已，「阿珠，謝謝你。對了，你要說你爸爸的什麼事？」

「你最近到我們家兩次了，一次都沒碰上我爸，你不覺得奇怪？」她問我道。

我一怔，「你媽媽不是說了嗎，他在搞科研呢。」說完後，我心想：看導師說話時候的樣子，好像並沒騙人的啊，阿珠這話是什麼意思？

阿珠在搖頭，「馮笑，我就是為這件事感到煩惱呢。我媽媽並不知道，其實我爸爸是騙她的。我爸爸在外面有女人了。」

我頓時被她的話嚇了一跳，「阿珠，你別這樣說你爸爸。據我所知，你爸爸可是一位大好人。」

她歎息，隨即幽幽地道：「我也是昨天才知道的。不，準確地說，是我昨天才看到的。」

我驚訝地看著她，「你昨天看到了什麼？」

「昨天我去逛商場，看到爸爸和一個女人在一起。兩人很親熱。」她說。

我頓時笑了起來，「也許是你爸爸單位上的人呢，這很正常的吧？」

她搖頭，「那個女人確實是他單位上的。我認識她，她是我爸爸的助手，雖然談不上漂亮，但是很年輕，只有三十多歲。我看到他們的時候，那個女人正挽住我爸爸的胳膊。當時我嚇了一跳，急忙躲了起來。後來，我一直悄悄跟蹤他們兩個人，發現他們倆在商場裏買了不少東西，然後一起去吃了飯，最後，兩個人還一起去看了電影。馮笑，你不會認為他們這種關係也很正常吧？」

我頓時瞠目結舌，一會兒後，我才問道：「你爸爸昨天晚上回家了嗎？」

她點頭，「我看見他們進了電影院後才回的家，兩個多小時後，我爸爸回來了。所以，他是在和那個女人一起看完電影才回家的。」

「那也說明，你爸爸和那個女人沒進一步的關係啊？也許他們就是純粹朋友的關係呢。」我說。

其實，我的心裏也不大相信自己的話。

「馮笑，昨晚我一夜沒睡好。」她搖頭道，「我一直在想，我爸爸那麼老實本分的一個人，怎麼會變成這樣了呢？」

我忽然想起一件事來：昨天晚上，阿珠沒有繼續跟蹤她父親和那個女人，看來她真的害怕了，她害怕看到後面的情況。不過還好的是，她爸爸回家了。所以，我覺得阿珠現在雖然內心苦悶，但心裏一定存著某種僥倖。

於是，我說道：「阿珠，有時候一個人看到的不一定是真相，你說是嗎？」

她卻沒有回答我這個問題，繼續在說道：「馮笑，我昨天晚上回家後，媽媽在我面前嘮叨了很久。以前，我最厭煩的就是她嘮叨了，可是昨天晚上，我卻一點都沒有不耐煩，因為我發現，我媽媽很可憐。我在想，我爸爸肯定也是厭煩了媽媽的嘮叨才那樣去做的。馮笑，你說是不是這樣？」

「阿珠，剛才我不是說了嗎？你看到的不一定是真相。有時候我們看到的，或者聽到的，都不是真相呢。」我再次說道。

「難道，非得抓到他們在床上才是真相？」她頓時憤怒了。

我一怔，隨即歎息道：「阿珠，我希望你冷靜一些。真的，有時候我們的感官會欺騙我們。你上次的事情不也是這樣嗎？哦，對不起，可能我不該提起那件事情來。阿珠，我的意思你應該明白，因為我根本就不相信你爸爸會做出那樣的事情來。一是，他畢竟和你媽媽是那麼多年的夫妻了；二是，你爸爸的年齡也那麼大了，不可能的。你說是嗎？」

「馮笑，我看到你對你妻子那麼好，我就在想，這個世界還有像你這麼好的男人嗎？馮笑，不是我不相信我爸爸，而是你沒看到我爸爸和那個女人在一起時候的那個樣子。我爸爸他，他臉上的那種幸福的表情，讓我不得不懷疑自己看到的一切都是真的。

「你不知道，我很久沒看到他表現出那種幸福的樣子了。他在家裏幾乎很少和媽媽說話，對我也是不理不睬的。馮笑，我媽媽的性格你是知道的，雖然她嘮叨，但她是很講面子的人啊．我真擔心她知道了這件事後，會出現什麼樣的情況。所以，雖然你現在很煩，但我卻不得不來找你，因為我發現自己除了你，根本就沒有什麼可以信賴的朋友了。馮笑，你說這件事情怎麼辦啊？」她說，神情黯然。

「我……」我頓時覺得這件事情很棘手了，「阿珠，你想讓我怎麼辦？」

「你可以去找我爸爸談談嗎？」她問我道。

我被她的話嚇了一大跳，「這……不合適吧？我憑什麼去找他談？如果他問我怎麼知道他的事情的，我怎麼回答？還有，我和你爸爸並不十分熟悉，也就是以前到你們家裏的時候碰見過幾次，我怎麼去找他談啊？」

「你肯定有辦法的。」她說。

我苦笑，「或許我可以去找他談，但是，你究竟是什麼意思？讓他和那個女人分手？不，這不恰當。如果你說的是真的，如果你爸爸確實和那個女人有那樣的關係，但是，他直到現在都沒有向你媽媽提出離婚啊？這說明了什麼？這是說明你爸爸並不希望你和你媽媽知道他的事情啊。所以我覺得，有些事情最好假裝什麼都不知道的好。你說呢，阿珠？」

「他現在沒有提出來，不等於今後永遠不提出來啊？等到他提出的時候，就晚了！馮笑，我最擔心的是我媽媽的感受。你想想，要是我媽媽知道了這件事，會是什麼後果？」她說，隨即哭泣了起來。

我心想，是啊，這很難說的。導師的性格我確實知道，她雖然嘮叨，但她真的是很要面子的人。一個人嘮叨，其實是因為她的內心很脆弱，總是擔心什麼事情沒有盡善盡美。還有就是，對別人不放心。一般來講，愛嘮叨的女人都是一些孤獨的、心懷不滿的、覺得自己不被人愛不被人讚賞的媽媽或妻子，這其實也是一種自卑，一種內心的恐懼。

可是，我現在確實不知道該如何處理這件事情了。

我想了想後，對阿珠說道：「這樣吧，你給我點時間，我仔細想想後再說。好嗎？」

她即刻破涕為笑，「馮笑，謝謝你。真不好意思，你妻子出了這樣的事情，本來我不該來煩你的。」

我笑著說：「阿珠，你別這樣客氣了，你媽媽是我的導師，這件事情，該我想辦法去處理的。不過，你說的也是，現在陳圓出了這樣的事情，我身心俱疲，所以，請你一定給我點時間，讓我慢慢想想。」

她沉默了許久，隨後抬起頭來看著我，低聲地說了句：「馮笑，為什麼我碰不到你這樣好的男人呢？」

我一怔，隨即搖頭道：「阿珠，你不瞭解我，我不是什麼好男人，更不是一個好丈夫。唉！一言難盡。」

「不，你是的。」她說，隨即給我碗裏夾了些菜，「我相信自己的眼睛，你就是一個好男人。」

我苦笑著搖頭，「阿珠，你這次又看錯了。」

她頓時笑了起來，癟嘴道：「什麼又看錯了啊？我又沒說讓你當我的男朋友。」

我淡淡地笑了笑，心裏想道：你這個傻丫頭啊，什麼時候才長得大啊？

隨後，我們默默地吃完了飯，然後一起朝醫院裏走去。

剛剛進入醫院裏，迎頭就碰上了一個人，竇華明。他詫異地看著我們。

我忽然緊張了起來，阿珠卻冷哼了一聲，隨即過來挽住了我的胳膊。

竇華明的臉上頓時慌亂了起來，他轉身就跑開了。

「流氓！」阿珠低聲地罵了一句。

「阿珠，後來他怎麼樣了？」看著竇華明跑開了，我心裏頓時也放鬆了，於是問道。

「他老婆跑到醫院來和他大吵了一架，好像聽說他們離婚了。」她說，隨即對我說道：「馮笑，你說這男人怎麼這麼壞呢？」

「男人都這樣，喜新厭舊，而且都希望自己身邊的女人越多越好。」我說。

「你也是這樣嗎？」她問我道，手依然在我的胳膊裏。

我點頭，「是的，我們男人都這樣，包括我自己。所以，剛才我說，自己的這一切都是報應。」

我說的是真話，當然，我這樣說有故意的成分，因為我必須防患於未然。

可是，讓我沒有想到的是，她卻即刻幽幽地說了一句話，「馮笑，你說我爸爸也是這樣的嗎？」

我沒有想到，她竟然會這樣問我。而且，按照我的理解，她的這句問話應該包含兩種意思：一是她相信我說的話，也就是說，她相信我也是一個壞男人，之後才是她對她父親的懷疑。

我是有意讓她相信我不是一個好男人的，因為我對自己已經不放心了，自己曾經和那麼多女人發生關係，這本身就說明我自己是有問題的，是很不負責的男人。

不過，現在的問題是她父親的事，我不得不回答，「阿珠啊，我不是說了嗎？關於你爸爸的事，你給我點時間，讓我好好想想再說，行不行啊？」

「馮笑，你準備怎麼辦？」她問。

「我不是還沒有想好嗎？我想，首先得調查清楚你爸爸和他的那位助手究竟是什麼關係。你別那樣看我，就是他們之間的關係已經很不錯了，我也得搞清楚他們究竟到了哪一步。如果他們還沒有發展到那一步的話，事情可能就會好辦些，否則的話……再說吧，現在說什麼也沒用了。而且，你看我自己的事情已經亂得一塌糊塗了，你總得理解我是吧？」我說，心裏忽然有些不耐煩起來。

她點頭，「馮笑，我相信你會幫我把這件事情處理好的。從上次的事情我就知道了，你是一個很有辦法的人。」

我苦笑，「我只能說是盡力而為，不敢保證能夠把你的事情辦好的。」

「馮笑，你對你妻子那麼好，怎麼可能是壞男人呢？」她卻忽然這樣問我道。

我一怔，隨即回答道：「我對她好，是因為我愧疚，也是一種悔恨啊。」

「馮笑，你這話是什麼意思？」她問道。

我搖頭歎息，「贖罪，這個詞的意思你明白嗎？男人在外面幹了壞事後，心裏就會有愧，所以，總是想去把自己的錯誤補償回來。可惜的是，當大錯鑄成之後，想要去彌補卻已經晚了。阿珠，或許你現在還不明白，但是今後你就會明白的。」

「聽你這樣說，我倒是想起來了，我爸爸有段時間對我媽特別的好，對我也很好。每次回家都買很多東西，還親自下廚。可惜時間不長，沒過多久他又變回到以前那樣了。」她若有所思的樣子。

「什麼時候的事情？」我急忙地問。

「也就是半年之前吧。」她回答。

我點頭，「這就好，這就說明他並不想和你媽媽離婚。」

「為什麼這樣說？」她問道。

「如果他想要離婚的話，是不會有愧疚感的。」我沉思著說，隨即又搖頭道：

「不過很難說，一個男人的變心，往往是與愧疚感聯繫在一起的。男人的感情世界也是很複雜的啊。阿珠，我們不說了，我馬上去陳圓那裏去，我去和她說說話，然後回去上班。你的事情，等我想好了再說吧，你別著急。」

「馮笑……」她卻叫住了我，「我爸爸的事情如果真讓你覺得為難的話，就算了吧，實在不行，我自己去找那個女人。」

我頓時怔住了，「阿珠，你能夠保證你自己可以心平氣和地去和她說話嗎？如果你不能保證做得到的話，那我勸你還是不要去的好。很多事情如果不能冷靜處理的話，結果往往會適得其反。」

「我……」她張大著嘴巴，神情猶豫。

我搖頭歎息著離開。

一進病房就看到了導師。

她對我點頭，隨即去看了陳圓一眼，「馮笑，你妻子的情況不容樂觀啊。」

「您不是說下午要給她會診嗎？」我問道。

她看了看時間，「是啊，還有半小時，我請的所有專家就要來了。」

「謝謝老師。」我說，「那我先回去上班，等您這裏有結果，我再過來。」

「這樣最好，今天下午主要是神經內科和腦外科、內分泌科方面的專家，還有心理科的主任。我們儘量拿出一個準確的診斷和治療方案出來。」她說。

我再次向自己的導師致謝，隨即出了陳圓的病房。

離開的時候，我又看了陳圓一眼，發現她依然悄無聲息地躺在那裏。

我鬱鬱地離開。

剛出病房就碰上了上官琴，我詫異地問她道：「你怎麼在這裏？」

「老闆他們今天有點急事，所以讓我來看看。馮大哥，怎麼樣？今天你妻子的情況有好轉嗎？」她問道。

我搖頭，「還是那樣子，我導師馬上組織專家給她會診，我要回醫院去上班了。你回去吧，沒事，現在她一直昏迷，有醫院的護士照顧她，謝謝你。」

「馮大哥，這樣吧，如果你有什麼事情需要我代勞的，只管吩咐就是了。你說的也對，我到這裏來，也幫不上你什麼忙。」她歎息著說。

「謝謝你。」我再次道謝，「沒事，真的沒事。」

「你……」她說，我發現她的神情忽然變得黯淡下來，「你還是沒把我當朋友啊，我什麼都沒幫上你，你這麼客氣幹什麼？」

我有些慚愧，也有些尷尬，「上官，專案的事到哪一步了？目前還順利嗎？」

「很順利，對了，常廳長已經離開民政廳了，新的廳長和我們的關係處得還不錯。今天，林老闆和施姐就是去和他談專案下一步的事情去了。」她說。

「下一步？下一步是什麼？」我問道。

「我們已經把民政廳那塊地周邊的地都買下來了，林老闆的想法是，能不能讓民政廳退出去？」她說。

我點頭，「這件事情說大也大，說小也小，關鍵就是新上任的廳長一句話。」

「可能不會那麼簡單吧？」她說。

「國家機關單位不能參與商業行為，只要新上任的廳長答應了林老闆的條件，這就是他最好的理由。其實說到底，還是那位新廳長好不好說話的問題。而且我想，常廳長在離開之前，應該已經安排好了這件事情的。」我說。

她頓時笑了起來，「馮大哥，林老闆在我面前多次說你很聰明，現在看來確實是這樣啊。嘻嘻！馮大哥，你當醫生太屈才了。」

我淡淡地笑，「我倒是覺得救人性命，更是一件有意義的工作。」

「聽你這樣一說我倒是很羨慕你了，可惜我就沒有你那樣的福分了。」她頓時笑得花枝亂顫。

「還福分呢，你看我現在，簡直是搞得一團糟。」我歎息著說。

她的神情頓時也黯然了起來，「馮大哥，我相信你家裏的事情會好起來的。其實，我倒是覺得，現在最可憐的是你們的孩子。馮大哥，我想給你提一個建議，不知道你願不願意聽。」

「你說吧，我知道你肯定是好意。」我真誠地對她說。

「我覺得吧，像你現在的情況，最好是把你們的孩子送回你家裏去，讓孩子的爺爺奶奶帶他最好。你說呢？」她看著我說。

我一怔，隨即說道：「這倒是一個不錯的主意。不過，這件事情得等一段時間，等孩子完全正常了再說。」

「你是不是擔心你父母不喜歡你們的孩子？覺得孩子太小了，而且還不健康？」她問道。

我有些詫異，因為她的問話完全說到我的心裏去了，其實，她的這個建議我昨天晚上也想過，不過，我很擔心我的父母不會喜歡他們的這個孫兒，現在聽她這麼說，我頓時默然。

「我覺得不會。隔代親你明白吧？而且還是個兒子，他們肯定會喜歡的。對了，你父母知道你妻子的事情嗎？」她問道。

我搖頭，「前不久他們才來過，不過，沒住幾天就回去了。現在陳圓出事情了，他們還不知道呢，我不想讓他們擔心。」

「你應該告訴他們的，做父母的，哪個不關心自己孩子的家庭狀況啊？你不告訴他們，他們今後知道了會多心的。馮大哥，你說是嗎？」她說。

我點頭，同時在心裏感激她，因為她剛才的話讓我即刻下定決心，要告訴我父母關於陳圓的事情。

「好啦，我就不耽誤你了馮大哥，有事你直接給我打電話好了。」她說。

我點頭，沒敢再次對她說「謝謝」。

她轉身離開了。我看著她美麗的背影，忽然感覺到有件事情有點不大對勁：她為什麼要建議我把孩子讓我父母去帶？林易和施燕妮不可以帶嗎？特別是施燕妮，她可是陳圓的母親！忽然想起莊晴的那些話來，我心裏猛然地感到不安起來。

「上官！」我叫住了她。

她站住了，然後轉身，在朝我笑，「馮大哥，有事情嗎？」

我急忙朝她跑了過去，「上官，我父母還沒有退休，我覺得把孩子拿去讓他們帶不大合適，不知道施阿姨有沒有時間？」

她點頭，「我明白，林老闆和施姐都是大忙人，我覺得這不大合適。」

我點頭，喃喃地道：「我明白了。」

「他們很喜歡孩子的，主要是太忙了。我想，如果你提出讓他們帶孩子的話，他們不會拒絕的，不過，他們肯定也只有請保姆，如果是那樣的話，還不如你自己帶呢。你說是嗎？」她說。

我點頭，覺得她說的好像有道理，但是，我心裏卻始終覺得有點不大對勁。

「走啦。」她看了我一眼後，笑著說道。

我看著她開走了，然後才到我自己的車上，將車發動。不，我不能把孩子送走，或許，孩子今後的每一個笑聲，他的第一聲「媽媽」，都會讓陳圓醒過來。

於是，我拿起了電話……

「爸，陳圓她出事了。早產，造成大出血，現在處於昏迷的狀態，估計很難醒過來。」聽到父親的聲音後，我說道。

「怎麼會出現這樣的情況？」父親問道。

「陳圓的血型很特殊，是RH陰性血，我們江南省血庫裏沒有儲備那樣的血液。結果造成了她腦部的缺血，可能出現了腦組織的損傷。」我說。

「陳圓的父母不是在嗎？他們的血應該可以的啊？」父親又問道。

「她母親和她合不上，她現在的父親不是她的親生父親。」我說。

「你以前怎麼沒告訴我這件事？你說說，究竟是怎麼回事？」父親問道。

我這才把陳圓的情況簡要地對父親講述了一遍。

父親沉默了一會兒後才問道：「孩子呢？孩子現在怎麼樣？」

「在我們醫院，孩子是早產兒，所以在保溫箱裏，情況還不錯。」我說。

「唉！」父親歎息，隨即低聲地問了我一句：「是男孩還是女孩？」

「是男孩。」我說。

「我和你媽媽最近來一趟吧。我們來看看陳圓，還有你們的孩子。馮笑，如果你覺得可以的話，我們給你帶孩子吧。」父親又是一陣沉默，隨後才對我說道。

「不，我想自己帶孩子。爸，您和媽媽一起到省城來也可以，就住在我家裏幫我帶孩子。可是，你們不是還沒退休嗎？」我說。

「陳圓現在這個樣子了，孩子又是那樣的情況，你忙得過來嗎？」父親問道。

「家裏有保姆啊，您知道的啊？」我說。

「這樣吧，我和你媽媽商量一下再說。」父親說道。

「爸，我想，孩子在我們身邊的話，可能更有利於讓陳圓甦醒過來。因為陳圓一直很在乎我們的孩子。」我說道。

「這倒是。不過……唉！算了，既然你已經決定了，我們也不好多說什麼了。

對了，還有幾天就過年了，我們也馬上要放假了，這樣吧，今年我和你媽就到你那裏過春節吧，正好也把這件事情商量一下。」父親隨即又道。

我頓時一怔：要過年了？這麼快！即刻說道：「太好了。你們上火車的時候給我打電話吧，我到火車站來接你們。」

「到時候再說吧。明天、後天……嗯，後天下午我們上火車，晚上十一點左右就到了，到時候再聯繫吧。」父親說。

「那我後天晚上到火車站接你們，太晚了，我擔心不安全。」我說。

「好吧。」父親說。

我等著他掛電話，卻忽然聽到他問了我一句：「馮笑，你不覺得陳圓和她媽媽見面的事情太巧了嗎？」

我全身一震。

這件事情莊晴對我說過，但是沒有引起我的注意，而現在，忽然聽到父親也這樣問我，我頓時就有了一種莫名的震駭，「爸，您這話是什麼意思？」

「上次，我到你那裏時，見過那位林老闆，我倒是覺得那個人不錯。不過，我回來後一直心裏很不安，因為我始終想不明白兩件事情。第一件，是我發現那位林老闆的妻子好像並不是真的關心陳圓。我是過來人，一個人對別人是不是真的好，我可以從對方的眼神和一些細節裏看出來的。第二件事情是，我感覺到林老闆好像對你太過尊重了，這不是一個老丈人應該有的狀況。我總覺得，你和那位林老闆之間，有什麼事情是你沒有告訴過我的。」父親開天闢地地對我說了這麼大一通話，而且語氣真摯，我頓時感動不已。

「爸，事情是這樣的……」於是，我把自己和林易的交往經過告訴了他。當然，我沒有具體說我和常育的那種關係，只是說了她找我看病的那些事情。

「原來是這樣。你知道了一位女性官員的隱私，那位官員開始關照你了……這倒是符合邏輯。林老闆想通過你攀上那層關係，也正好說得過去。還有那位黃省長……嗯，這就對了。以林老闆目前的情況，他的最終目的應該是在那位黃省長身上。唉！這些有錢人，有時候真是讓人搞不懂！」父親感歎道。

我發現父親竟然也有嘮叨的一面，隨即笑道：「林老闆說過，錢掙多了就不再是錢了，只是一個數字罷了。他需要用更多的錢去做慈善，而且，他那個集團公司裏面那麼多職工，解決了不少人的就業問題呢。他說，那是他的社會責任。」

「也許他是一位有社會責任感的商人，很難得啊。」父親歎息道，「也許是我想多了，現在聽你這麼一說，好像一切都解釋得通了。也許陳圓的事情就是湊巧吧？好了，不說了，我和你媽到了你那裏，再慢慢說吧。」

他掛斷了電話，但我卻開始沉思起來：難道真是無巧不成書嗎？忽然想起莊晴的那句問話來──你用什麼方式證實她就是陳圓的親生母親？

當時，施燕妮通過陳圓的那塊玉認出了陳圓就是她的女兒。那塊玉是陳圓父母遺棄她時留下的唯一信物，正因為如此，我和陳圓才從來沒有懷疑過施燕妮是陳圓母親的事情。但是現在，我忽然覺得這件事情透出一種詭異。

不過，我還有一點想不通，因為我覺得，林易沒有必要去做欺騙我們的事情。

現在的問題已經擺在了我面前：我開始懷疑了，而且懷疑這件事情的，還不止我一個人，首先是莊晴，其次，還有我的父親。

怎麼辦？最好的辦法是進行ＤＮＡ鑒定。我心裏想道。

可是，如果鑒定出來陳圓確實是施燕妮的女兒呢？這樣的話，豈不是讓林易和施燕妮傷心了？所以，我覺得最好的辦法是讓鑒定的事情悄悄進行。

問題是，鑒定需要兩個人的組織樣本。

陳圓的好辦，她的頭髮我隨時可以拿到。不過，施燕妮的呢？

在去往我們醫院的路上，我一邊開車，一邊在想著這件事情。可是到了醫院停下車後，我還是沒想到該如何取得施燕妮的組織樣本。

唉！以後再說吧，現在你的事情已經搞得焦頭爛額了。而且，這只是懷疑，或許這件事情正如我父親所說的那樣，僅僅是巧合罷了。我歎息著下車。
科室裏沒有什麼大的事情，我又去看了一次孩子。
孩子的情況不錯，竟然開始有了反應。當我把手輕輕觸及到孩子的嘴角時，他竟然在朝著我手指的方向側過頭來，模樣可愛極了。這是新生兒的自然反應，也是人剛剛出生時動物性的反應，醫學上把孩子的這種反應稱為覓食反射。
「孩子餓的時候知道哭了，哭聲還很洪亮。」護士告訴我說。
我更加高興了，因為護士告訴我的情況，說明孩子逐漸在恢復正常。
於是，我情不自禁地去看孩子的小手，還有他的腳。
「馮主任，孩子很正常。」護士笑著對我說。
我笑道：「我還是擔心他會少一個手指、腳趾什麼的。」
護士也笑，「我知道啊。很多孩子的父親在孩子剛剛生下來的時候，最關心的就是這件事情了，非常擔心孩子的手指是否少了或者多了，還有的擔心孩子的手指和腳趾會連在一起呢。」
我不好意思地笑了笑，忽然，我又開始擔心起來，急忙用手輕輕在孩子的耳邊拍打了一下。我忽然擔心孩子的聽力是否有問題。
還好，很正常。我輕輕拍巴掌的時候，孩子真的有了反應，他在朝發出響聲的方向側頭。我頓時覺得很有趣，「這小傢伙，真可愛。」

護士在那裏「咯咯」地笑，「馮主任，你真好玩。」

這一刻，我才真正有了當父親的那種感覺，我笑道：「這小傢伙，像玩具一樣，很可愛。」我知道，自己在說這句話的時候，自己的眼神一定很柔和，因為我聽到自己聲音裏包含著的溫情。

「馮主任，你還沒有給孩子取名字吧？你看，孩子的標牌上還是這樣寫的呢。」護士說。我急忙拿起輸液架上面的牌子看，發現上面寫著：林楠之子。

我心裏猛地一痛。

不用多說，這個牌子是兒科醫生在詢問了林易或者施燕妮後寫上的。在他們的眼裏，陳圓是林楠，據說這是陳圓小時候的名字。

現在，當我看見孩子輸液架上面標牌的時候，忽然想起了正在昏迷著的陳圓，心裏猛地一陣疼痛。

陳圓，孩子活下來了，可是你怎麼卻變成了這樣呢？

「馮主任，你怎麼了？」護士的呼喊聲讓我清醒了過來。

「沒事，你剛才說什麼了？」我笑了笑，隨即問道。

「我說，你還沒給你孩子取名字呢。」她說。

「就叫馮夢圓吧。」我想了想說。

「這名字好，夢中都是圓圓滿滿的事情。不過夢見不大好，最好現實是圓圓滿滿的。」護士說。

我歎息，「現實中，誰能夠做到什麼事情都那麼圓滿啊？」

護士笑道：「那倒是。」

我隨即離開了。

我在心裏想道：但願這個孩子能夠在他的夢裏經常和他的媽媽見面，去把他媽媽喚醒過來。

夢圓……我低聲地念叨道，霍然一驚：馮笑，你怎麼還是忘不了趙夢蕾啊？是的，我給孩子的名字裏面取了一個「夢」字，這本身就說明，在我的潛意識裏面想到了趙夢蕾。趙夢蕾曾經是那麼想要一個孩子，可是，當她知道自己的結局後，還是忍痛放棄了。可是，她絕對不會想到有一天，當我真的有了孩子後，這個孩子竟然不能得到母親的呵護。難道，這真的就是命麼？我不禁歎息。

我鬱鬱地去到自己的辦公室，心情格外沉重與難受。現在，我害怕下班，害怕回到家裏後孤獨地睡在我和陳圓的那張床上。我完全可以估計得到，今天晚上，我又會噩夢連連。

忽然聽到手機在響，我不得不接，因為我在盼望陳圓甦醒過來的消息。是一個座機號碼，我頓時激動起來。

「馮主任，聽說你老婆出事了，我深表同情。」電話裏傳來的卻是王鑫的聲音。

我心裏頓時一陣膩味，不過想到人家一片好心，我也不好即刻掛斷他的電話，隨即說了聲：「謝謝關心。」

「彩超的事情，我知道你有難處。所以，我很理解你。我們可是老朋友了，這件事情就不說啦。馮笑，想不到你家裏出了這樣的事，你比我還慘啊。怎麼樣？晚上我們去喝酒？」他問我道。

「不喝了，謝謝你的關心，現在我心情很不好，改天吧。到時候，我向你解釋一下彩超的事情。」我有些不好意思起來，隨即說道。

「別說那件事情了。其實章院長在會上打過招呼，要求我們任何人不要來找你們的麻煩，他說，設備的事情涉及科室每一位職工的利益，讓我們千萬不要插手。也怪我，呵呵！我是覺得我們是哥兒們，所以就……呵呵！馮笑，你不會怪罪我吧？」他說。

我頓時明白了：他肯定是擔心我去找章院長告狀。同時，我也明白這次為什麼竟然沒有任何一位醫院領導來找我打招呼的原因了。想不到章院長考慮得竟然這麼細緻，我心裏頓時對他有了一種感激。但我忽然想起莊晴的事情來，心裏又五味雜陳起來。

「王處長，你說到哪裏去了？我怎麼可能怪你呢？說實話，我心裏很感謝你的。這次彩超的事情，完全是全科室的職工共同的意見。唉！你能夠理解我就萬分感謝了。今後吧，今後如果還有這樣的機會，我一定考慮。」我急忙地道。

「章院長沒有問過你這方面的事情吧？」他隨即問我道。這下，我完全可以肯定自己剛才的那個判斷了，「沒有，呵呵！即使他問的話，我也不會提及你的。你是醫務處長，和設備一點關係都沒有嘛，你說是不是啊，王處長？」我笑道。

「就是，呵呵！馮笑，你老婆治療方面需要我幫你協調的，你給我說一聲就是了。」他笑道。

「會的，謝謝了。」我說。掛斷電話後我不禁想道：你既然害怕，就不應該把手伸那麼長。

看了看時間，正準備離開辦公室回家，手機忽然又響了起來，我看也沒看就開始接聽，「馮笑，你老婆的事情我聽說了，你來接我好嗎？我陪你去喝酒。」

電話是蘇華打來的。

我有些猶豫起來，「學姐，雖然我心情不好，但是我不想喝酒。我不想在陳圓醒過來的那一刻，還處於酒醉的狀態。」

「馮笑，難道你現在還在幻想？你還是醫生呢，怎麼一點不講科學？你老婆是腦組織受損，怎麼可能在短期內甦醒？她不是簡單的昏迷，你明白嗎？」她說。

她的話讓我很不高興，「蘇華，我今天真的不想喝酒。對不起。」

「你一點都不夠朋友。」她說，「在我最痛苦的時候，你來陪我喝酒，現在，你自己遇到了這樣的事情了，怎麼就不要我來陪你了？馮笑，我可是你學姐，同時也是你的女人，你在這樣的情況下很可能頭腦不清晰，說不定我還可以提醒你什麼事情呢。你說是嗎？」

我心裏一動，「蘇華，你有空的話，就去幫幫導師吧。不過，這件事情你千萬不要讓導師知道，我實在沒時間去處理這件事情。」

隨即，我把事情的前後經過告訴了她。

「我們見面談吧，你不來接我的話，我就自己走出來，碰到計程車就坐，碰不到就一直走。馮笑，你把我安排在這樣一個偏僻的地方，搞得我現在像鄉巴佬似的，進一次城都很困難。」她說。

我歎息，「好吧，我來接你。」

一小時後，我和蘇華坐在了一家酒樓裏面。我們的前面是幾樣菜，還有一瓶白酒。我本身不想喝醉，所以，我和她慢慢喝酒，同時在說著事情。

「導師的事情不好處理，你給我提點建議。」蘇華對我說。

我苦笑，「我有建議，還需要找你嗎？」

「你是男人，知道男人是怎麼想的。你想想，假如你是阿珠的父親，你會在什麼樣的情況下不再喜歡那個女人，並且不會提出與老婆離婚的事情？」她問道。

「這……」我說，「每個男人的想法不一樣的，我怎麼知道他是怎麼想的？」

「共性，你們男人肯定有共性啊。」她說。

「說實話，我有些不大相信他會喜歡上他的助手。你想想，他的年齡都那麼大了，阿珠也二十多歲了，怎麼可能？」我搖頭說道。

「不一定，我聽說你們男人最容易出事，就是在兩個年齡階段，一是在婚姻七年之癢的那個階段，那時候你們對婚姻不再神秘，甚至會產生厭倦的情緒；第二個階段就是在五十多歲的時候，那時候很多男人會覺得自己的一輩子過得太窩囊，心想，如果不再享受真正的愛情，就沒有多少時間和機會了。

「唐老師正好處於這個年齡，而且導師已經老了，容顏不再，甚至還很嘮叨，所以，唐老師肯定會在心裏不滿，很想儘快逃離原有的婚姻生活。而他的助手很年輕，這對他來講，有著巨大的吸引力。」蘇華分析道。

我不得不承認她說得很有道理，隨即點頭道：「既然這樣，那我們還有什麼辦法去阻止他呢？」

「他這樣年齡的男人很強。人這一生很奇怪的，年幼的時候和年老的時候往往都很倔強，也都很小孩子脾氣。所以，如果我們直接去勸他的話，可能會適得其反。」她說。

「那你覺得，怎麼辦才好？」我問道。

「問題又回到剛才那上面去了啊，我不是問你了嗎？你們男人在什麼樣的情況下，才會主動放棄自己的女人？」她問我道。

我想了想說：「一是發現那個女人的作風不好；二是覺得，那個女人和自己在一起，是另有所圖；三是……如果發現有某個年輕男人正在追求那個女人的話，自己可能羞愧地退出。還有，女方的家長堅決反對。你想想，如果看到對方父母和自己年齡差不多大的話，大多數男人都會退出的，總不可能今後去稱呼和自己年齡差不多的那個人為『爸爸』吧？」

「當然，也有人不會退出，那人大多是老流氓，臉皮厚得可以不在乎這些事情。」

「有辦法了！」蘇華猛地一拍桌子，「就去找那位助手的父母。」

我愕然地看著她，「這可不行，萬一對方跑到單位去大吵大鬧什麼的，那事情豈不是搞得滿城風雨了？」

「不會的。」她搖頭道，「你想想，那位助理的父母也要面子的，所以，這件事他們也希望暗地裏解決。當然，我會去告訴他們說，最好請他們悄悄出面去找唐老師談一次。這樣，不就可以把問題給解決了？」

「萬一那位助手死心塌地要跟著唐老師呢？」我問道，「你們女人往往都這樣，一旦陷入愛情裏，就昏頭了。」

她看著我笑，「想不到你蠻瞭解我們女人的嘛。」

我苦笑，「不是這樣的嗎？上次阿珠不也是這樣的嗎？」

「對了，你把阿珠的事情給我講講。」她說。

於是，我把情況簡單地對她講了一遍。

她聽後頓時笑了起來，「馮笑，真有你的。對了，有辦法了。我們先去找女方的家長，如果不行的話，我們就去找一位那種男人，讓他裝扮成富家公子，去勾引那個女助手，然後，故意讓唐老師知道，你覺得怎麼樣？」

我沒弄明白，「哪種男人？」

「鴨子啊。你不知道？就是賣淫的男人。那樣的男人往往長相英俊，而且，勾引女人的手段高強。」她說，隨即便在那裏笑。

我不禁駭然，瞠目結舌地看著她，「蘇華，這樣不好吧？況且，那樣的男人哪裏去找？」

「我聽說那些五星級酒店裏有那樣的男人。到時候，我們去問問就是。不過，據說很花錢的。」她又說道。

我很是不解，「為什麼很花錢？我聽說女人做那樣的事情，不是很貴的啊？」

「你傻啊？一個男人，假如他要對一位又老又醜的女人服務的話，必須要求他隨時硬起來，這可是需要功夫的，這下你明白了吧？」她笑著對我說。

「原來如此。」我恍然大悟地道。

「怎麼樣？你覺得這個辦法可以嗎？」她問。

「可以倒是可以，不過，你千萬不要搞出事情來，特別是不要讓導師知道了這件事情，這是最基本的原則。」我想了想說。

「還有一點。」她看著我道，眼神怪怪的。

「什麼？」我問道。

「我可沒錢，到時候，你得給我報賬。」她笑道。

我頓時笑了起來，「行，你順便也可以享受一下。」

我一說出口來便後悔了，但是後悔卻已經晚了。

果然，蘇華生氣了，「馮笑，你把我看成什麼人了？」

「開玩笑的，你千萬不要生氣啊。對了，林老闆的夫人，最近到你們那裏去過沒有？」我隨即問道，目的是為了轉移話題，同時也是想看看，能不能讓自己心裏盤算的那件事情有一線的希望。

「我從來沒有看到過她。怎麼？你有什麼事情？」她說。

「沒事。」我搖頭。

「馮笑，你有什麼事情就說出來吧，說不定我們也可以儘快想到一個好辦法呢。馮笑，今天我來和你喝酒的目的，就是替你想辦法啊。除非你不相信我了。我實話對你說吧，我的心裏早就把你當成我的男人了，雖然我們不會有婚姻上的關係，但我心裏就是那樣想的。」她即刻不滿地對我說道。

我還是不想告訴她那件事情，因為事關重大，不過，我忽然想起另外一件事情來，「蘇華，現在林老闆一個月給你多少錢？」

說。「一萬五。雖然我並不喜歡這個工作，但我覺得待遇倒是蠻不錯的。」她笑著

才一萬五？我心裏頓時對林易有些意見起來，因為他當初答應我的可不是這樣。於是，我問蘇華道：「你真的不喜歡你現在的工作？」

「我是學醫的，怎麼可能喜歡照看孩子的工作啊？無聊極了。」她歎息。

我沉默了片刻後，才對她說道：「蘇華，一年後，我們準備搞一個女性方面的高級會所，在那裏可能會設置婦科檢查專案。我覺得你今後可以去那裏上班，我想，待遇肯定會很不錯的。怎麼樣？有興趣嗎？」

「真的？那太好了。」她高興地道，隨即媚了我一眼，「馮笑，還是你好，隨時都在想著我的事情。」

「其實，我也不知道那個會所什麼時候開業。蘇華，你看這樣好不好？陳圓的事情，你剛才說得很對，我確實充滿著幻想。我想，如果她住滿了一個月的院還是這樣的話，就乾脆把她接回家去算了。本來，我想去外面聘請一位懂醫的護士去我家照看陳圓的，現在我倒是覺得，你最合適了。我給你每個月兩萬的工資，你覺得怎麼樣？一直幹到那個會所開業為止，行不行？」我隨即說道。

「這……馮笑，我可以答應你，不過，我有一個條件。」她想了想後說道。

「你說吧。」我笑了笑說。

「我不能要你工資，但是，我希望能夠抵充你借給我的那筆錢。」她說。

我搖頭，「那筆錢我本來就沒準備讓你還的，工資還是要給你的。」

「那我就不幹。」她說，「馮笑，雖然我們有過那樣的關係，但是在金錢上，我還是希望能夠明算賬的好。」

「那好吧，不過，你要買衣服什麼的怎麼辦？你哪來的錢啊？」我問道。

「我那套房子已經租出去了，現在手上還有幾萬塊錢，夠了。」她說。

「好吧，事情就這樣說定了。」我說。

「不對。」她卻忽然地道，「你剛才說到林老闆老婆的事，究竟怎麼回事？」

我沒想到，她竟然記起了那件事來，「蘇華，這件事情既然你幫不上忙，那最好就不要知道的好。」

「馮笑，如果你把我當成真正朋友的話，就應該告訴我究竟怎麼回事。你說是不是？」她真摯地對我說。

我想了想，隨即還是把我內心的懷疑及想法告訴了她，講完之後，我再次對她說道：「蘇華，這件事情非同小可，所以，你千萬不要對任何人講。」

她點頭，「我知道了。不過，聽了你說的這件事情後，我倒覺得確實有些奇怪。這件事情還真不好辦。要拿到她的頭髮什麼的，除非是她身邊的人，或者去買通她家裏的保姆。」

「她家裏沒有保姆。」我搖頭說道。

「其他的人呢？司機呢？」她問。

「我只認識司機小李。不過，我覺得這個人不好買通。他對林老闆的話百依百順的，買通他很難，而且風險很大。」我搖頭說，忽然想起一個人來，隨即又搖頭，「她也不大可能。」

「誰啊？」蘇華問我道。

「上官琴。」我說，隨即搖頭，「她雖然一直希望我能夠把她當朋友，但是我覺得這件事情很玄，她畢竟是林老闆最得力的助手。」

「馮笑，你實話告訴我，你和那位上官琴發生過什麼關係沒有？」她問我道，眼神怪怪的。

「沒有，你怎麼這樣想呢？」我不好意思地道。

「我不相信，不然的話，她為什麼想要和你交朋友？你老實交代，你們究竟什麼關係？馮笑，你放心，我不會吃醋的，只是想幫你分析、分析這件事情。如果你要拿到林老闆老婆的細胞組織，看來非得這個人不可呢。」她說。

「我……」我發現自己真的難以說出口來。

「你不好說的話也行，那我問你吧，希望你如實回答。」她看著我笑，隨即問我道：「馮笑，你和她睡過覺嗎？」

我猛地搖頭，「沒有，絕對沒有！」

「那你們親過嘴嗎？」她繼續地問。

「沒有。」我回答，隨即發現她的眼神怪怪的，急忙又道：「真的沒有……」

她看了我一眼，「好像你在撒謊，那我問你下一個問題，你給她看過病嗎？」

我：「……」

「看過？」她問道。

我搖頭，「也不算是看過，而且不是在我們婦產科裏，也不算婦科方面的問題……」

我把那天晚上的事情說了出來。我發現，她這樣的問話方式，還真的可以讓我說出自己本不想說的事情來。由此，我忽然想道：很多事情就是這樣，方法不同，效果就會完全不同的。

「馮笑，我本以為你很瞭解我們女人，現在我發現，你其實很傻啊。你知道嗎？她肯定會對你有種不一樣的感情了。嗯，也許是她想通過那種方式博得你的信任呢。難怪她要對你說，希望和你交朋友的話呢。」她歎息著說。

我卻不以為然，「可是，為什麼啊？她完全沒有必要通過那樣的方式和我交朋友的。當時她還說自己是處女呢，你想想，一個女人，而且還是處女，她至於那樣嗎？她是林易的助手，待遇也不會很差吧？她為什麼要那樣做啊？」

蘇華頓時笑了起來，「馮笑，你怎麼這麼傻啊？」

我頓時怔住了，「我怎麼傻了？」

「你想想，生活在那樣環境裏又是林易的女人，怎麼可能是處女呢？現在的處女可是稀有動物，你看到過幾個處女？真是的，你竟然相信這樣的事情。此外，像她那樣的女人，她希望得到什麼啊？對，她目前的待遇不低，可是你想過沒有？能夠給林老闆當助手，而且是獨當一面的助手，她的能力肯定很強的是吧？你以為像她那樣的女人，就甘心一直居於人下啊？她肯定是希望能夠通過你的關係，有機會自己出來當老闆啊？如果是我的話，也肯定會那樣想的。你說呢？」她分析道。

「我能夠幫她什麼？她是林易的助手，我不可能因為她去得罪林易的啊？這麼簡單的道理，她應該明白的。」我說。

「這倒是。」她點頭道，「不過，一個女人主動要你去摸她的乳房，這件事情我覺得很難用心裏害怕去解釋。我是女人，我覺得除非她有某種目的。馮笑，我倒是覺得，你可以試探一下她，或者採用其他方式，讓她去把你需要的東西找來。」

「什麼其他方式？怎麼試探？」我問道。

「我一時也想不出來，你慢慢想吧，就是要找到一個理由，讓上官琴能夠替你拿到林老闆老婆的頭髮什麼的，而又願意替你保密。比如，你說你懷疑林老闆的老婆患有某種厲害的疾病，但又不想讓她知道什麼的，反正是類似的理由。」她說。

我搖頭，「這個理由她不會相信的，因為我即使真是懷疑施燕妮有某種疾病的話，也應該悄悄去找林易才對。」

「我只是舉個例子，你自己慢慢想吧。我說的意思，是想告訴你，應該去找上官琴辦這件事情，因為我覺得她會幫你，這是我的直覺。女人的直覺很靈的，你知道嗎？」她說。

我點了點頭，「我想想，想想再說吧。」

「馮笑，我今天不想回去了，我們去你以前的家裏好不好？」她隨即瞇著眼睛對我說道。

我猛然地搖頭，「蘇華，我覺得我們不應該再那樣了，以前是我不對，你看，現在我的報應來了。而且，我決定請你今後去照顧陳圓，我們就更不應該再那樣了。最近我一直在想，為什麼我的老婆都會出問題呢？是不是我的命有問題？是不是我克妻啊？所以蘇華，我希望我們一直是朋友，那樣的事情，今後我們千萬不要再幹了。你說是嗎？」

「隨便你吧，我理解。不過，我覺得你沒有必要這麼迷信。」她一怔之後說道。

我唯有歎息。後來，我把她送回了孤兒院。

在回來的路上，我一直在想：是不是應該去找上官琴？如果要找她的話，怎麼去對她講呢？

我想了很久，隨即拿起電話給上官琴撥打。其實，後來我想明白了，這件事情即使被林易知道了也無所謂，最多也就是挑明我的懷疑罷了，因為我的懷疑畢竟有些道理。

試探。我忽然想到了蘇華告訴我的這個詞來。

當然，我還是希望事情能夠在保密的狀態下進行，正因為如此，我才決定，即刻找到上官琴。

「上官，我想找你談點事情，你現在方便嗎？」我問道。

「你在什麼地方？」她問。

我聽到她電話裏傳來了電視的聲音。

「你在家裏吧？你告訴我，你住什麼地方？你住家的周圍有咖啡廳什麼的沒有？」我問道。

「這樣吧，你直接到我家裏來吧，我這裏就有上好的咖啡。」她說。

「這樣不方便吧？你，你還是單身，這……」我為難地道。

「我都沒覺得不方便，你害怕什麼？我相信你，你妻子正在醫院裏，所以，我覺得你現在很安全。而且，我一直沒覺得你是壞人。」她笑著說。

我不禁苦笑，「好吧，那麻煩你告訴我住址。」

像她那樣的人，怎麼可能還是處女？這一刻，我忽然想起蘇華的那句話來。

半小時後，我到了上官琴的家裏。我發現她的家並不大，不過很緊湊，而且佈置得很溫馨，完全符合她這樣一個單身年輕女人的身分。

「怎麼樣？我這裏還不錯吧？」她笑著問我道。

「不錯。」我說，「感覺很溫馨，是我見過的最漂亮的房子之一。你這地方雖然不大，但是我覺得設計得很好，特別是你的這套沙發，很是與眾不同。」

她笑道：「我在家裏的時候比較懶，所以，沙發不是拿來坐的，累的時候可以當床用。對了，你喜歡喝咖啡呢還是喜歡喝茶？」

「喝茶吧。」我說。

她頓時笑了起來，「對了，你才喝了酒，喝茶比喝咖啡好。」

「謝謝了。」我說道，覺得她今天很隨和，很有溫情。

不一會兒，她拿來了一張小茶几，還有一壺茶及兩個茶杯。

我和她席地而坐。

我笑道：「其實我蠻不習慣這樣的，覺得像日本人。」

「你是我這裏的第一位男客人。平常最多也就是個別的姊妹來玩，我們一般就半躺在這裏閒聊。對不起啊，你將就吧。呵呵！如果你覺得不舒服的話，也可以半躺下去的。你覺得怎麼隨便、怎麼舒服都行。」她笑著對我說道。

我也笑，「幸好我沒有腳臭，不然的話，你這裏就慘了。」

「哈哈！」她大笑，「如果你有腳臭的話，你一進來我就會聞到的，那我就肯定不會讓你坐這裏了，我會讓你去餐桌。」

我不禁歎息。

她輕聲地笑，隨即問我道：「馮大哥，說吧，你找我什麼事情？」

「上官，你今天對我說，希望我能把你當成好朋友，你這句話讓我感動了很久。有件事情我想了很長的時間了，本來一直想來問你，但是又擔心不合適。」我一邊思考著一邊說道。

「什麼事情啊？竟然讓你這麼為難？」她笑著問我道。

「上官，假如我想請你幫我一個忙，但是這個忙必須對你的老闆隱瞞，而且還可能對你老闆不利，你會幫我這個忙嗎？」我問道。

「你是我老闆的女婿，怎麼可能做出對他不利的事情來呢？馮大哥，你開玩笑的是吧？」她笑吟吟地問我道。

我看得清清楚楚，她在回答我話之前，輕微地皺了一下眉頭。

「這樣吧，我問你另外一個問題。假如你不願意幫我這件事情，那麼，你會去向你老闆告密嗎？」我隨即又問道。

「如果我不願意幫你，你也不會繼續去做那樣的事情。呵呵！那樣，我就沒必要去告密了。因為我覺得沒有必要。而且，你還可能反誣我。你是我老闆的女婿，他當然更信任你，我才沒那麼傻呢。」她笑著回答說。

「算了，我也不和你打啞謎了。我直接告訴你，你自己決定是不是願意幫我吧。其實呢，這件事情也不能說完全對林老闆不利，相反的，如果這件事情進一步得到驗證的話，還會增強我和你們老闆的感情。」接下來，我說道。

「究竟什麼事情啊？馮大哥，你是男人呢，怎麼這樣吞吞吐吐的啊？」她頓時不悅起來。

「我一直懷疑一件事情，我總覺得，陳圓和施阿姨的母女相認，有些偶然和蹊蹺。上官，難道你不覺得這件事情太巧了嗎？陳圓從小被她的父母遺棄，然後在孤兒院長大，而就在我與林老闆認識後不久，施阿姨卻在偶然中發現，陳圓就是她的女兒。

「當然，證據就是陳圓一直掛在身上的那塊玉。可是，這件事情太偶然了。以前我沒有想過這件事情，因為我覺得，認出了那塊玉就已經說明問題了，可是最近陳圓出事情後，我就開始疑惑起來，施阿姨的血型為什麼與陳圓不匹配呢？當然，這在醫學上可以解釋，因為父母的一方可能與自己子女的血型不符合，而陳圓的親生父親，目前又不知道是誰。

「不過，我覺得這件事情還是有些不大對勁，至於為什麼不對勁，我也說不出來。所以，我想悄悄去對陳圓和施阿姨的DNA做一次比對，也就是親子鑒定。

「但是我又想了，這件事情如果搞不好，反而會對林總他們造成傷害，因為我想：萬一我的猜測是錯誤的呢？所以，我想請你幫幫忙，因為，只有你才可以幫我悄悄拿到施阿姨的頭髮，或者其他有她細胞組織的東西。

「上官，你可以不答應我，但是，我希望你替我保密。當然了，我也想過，如果林老闆和施阿姨知道了這件事情，也無所謂，因為我的懷疑還是有一定道理的。而且，現在陳圓已經這樣了，我想搞清楚這件事情，也是應該的吧？你說是嗎，上官？」於是我說道。

這些話也是我在來的時候就大概想好了的。

她沉吟不語，我心裏惴惴地看著她。

許久後，我聽到她輕聲地說道：「馮大哥，謝謝你對我的信任。」

我心裏大喜，「你答應了？」

她卻在搖頭，「馮大哥，我現在只能向你保證，絕不去對林總和施姐說這件事情。至於這件事情我能不能幫你……馮大哥，你讓我想想好嗎？」

我一怔，隨即歎息了一聲，「好吧，上官，你答應我不告訴林總，我就已經非常感謝你了。這件事情你不要為難，好嗎？」

「其實，有些事情為什麼要搞那麼清楚呢？現在，你妻子找到了自己的母親，施姐也認了她做自己的女兒，這樣不是很好嗎？你妻子現在昏迷不醒需要長期治療，今後還可能需要花費大量的費用，既然有這樣一位有錢的媽媽在，你何必要去認真呢？」她說道。

我搖頭，頓時有些激動起來，「我這個人就是這樣，有時候一根筋，因為我最反感別人欺騙我。還有就是，我很擔心陳圓有可能再也醒不過來了，如果施阿姨真的不是她親生母親的話，我就應該去替她找到她真正的父母，或許那樣，她才有醒過來的可能。所以，我覺得這件事情非常重要。不過，我理解你的難處，可能我不該來找你，我讓你為難了，對不起。」

說完後，我隨即站了起來。

她也站了起來，她沒有來看我，而是低聲地對我說道：「馮大哥，對不起，你讓我好好想想，行嗎？對不起。」

我朝她點了點頭，說道：「就這樣，我就已經很感謝你了。那我走了，打攪了。」

她沒有來送我出門，而是站在那裏，看著我離開了她的家。出去後，我心裏頓時一片蕭索。我覺得自己很好笑，竟然癡心妄想地跑到這地方，來求一個不可能在這種事情上幫助我的人。

何必呢？馮笑，你是不是太多疑了？是不是真的太一根筋了？

然而，讓我想不到的是，就在第二天的下午，上官琴給我打來了電話，「馮大哥，我拿到了你要的東西。」

我頓時大喜。

我們在一處偏遠的茶樓碰了面，她給了我一個白色的信封，「馮大哥，我只是從施姐的梳子上找到了一些頭髮，不過，施姐這個人太愛乾淨了，我只是在她梳子縫裏找到了很少的幾根細頭髮，不知道可不可以用？」

我急忙打開信封去看，發現裏面的毛髮太細了，好像絨毛一樣，不禁有些懷疑起來，「上官，你肯定這是她的毛髮嗎？」

她點頭，「她家裏有兩把梳子，施姐用的是一把象牙做成的梳子，所以，她平常把梳子打理得很乾淨。我好不容易才在梳子的縫隙底部找到了這幾根。馮大哥，如果你覺得不行的話，我過段時間再想辦法找找看。」

我搖頭，「謝謝你了，非常感謝。這個就可以了。」

「馮大哥，你想過沒有？如果結果出來後，發現她們真的不是母女的話，你準備怎麼辦？」她問道。

我頓時怔住了，過了一會兒後才說道：「還能怎麼辦？只能假裝不知道。不過，我會想辦法去找陳圓真正的父母的。我說了，這或許是她能夠醒來的唯一辦法了。」

「唉！」她歎息了一聲後離開。

我在心裏對她感激不盡，即刻給童瑤打電話。

我想過了，這件事情最好還是找童瑤，因為警方的鑑定中心相對來說不會被人動手腳，更何況，我還可以特地吩咐童瑤注意這個問題。

「馮笑，你最近怎麼了？怎麼老是來做這樣的檢查啊？」童瑤看著我怪笑道。

「朋友拜託的，我也沒辦法。怎麼？我給你們帶生意來還不行啊？」我笑道，心裏有些尷尬。

「這樣的生意可和我沒什麼關係。」她癟嘴道。

「我請你吃飯好不好？」我諂笑著對她說。

她頓時笑了起來，「那還差不多。」

「不過，還得麻煩你告訴一聲做鑒定的那個人，千萬不要被人換了標本，拜託了。」我隨即又道。

「我們這裏可是省公安廳的法醫中心，誰能夠輕易換掉標本啊？」她笑道。

「現在的事情很難說啊，拜託了，請你一定告訴鑒定的那個人。」我認真地對她道。

「看來，這東西對你很重要啊。」她笑道，「我看這樣，我讓他悄悄給你做，不登記。一會兒，我直接把錢給他就是。」

我急忙拿出兩千塊錢朝她遞了過去，「多給點，拜託了。」

她看著我怪笑，「馮笑，不會是你老婆生孩子了吧？你這麼緊張幹嗎？」

我慌忙地道，同時把自己的雙手一陣亂晃，「不是，怎麼可能呢？」

她大笑，從我手上抓過錢去就朝裏面走，走了幾步後，轉身來對我說道：「馮笑，今天晚上請我吃飯怎麼樣？」

本來我很為難，但卻不好拒絕，「行，你說地方吧，我準時到。」

「好，一會兒我給你打電話。」她朝我嫣然一笑，隨即再次轉身離去。

我發現，穿著警服的她真的很美，而且漂亮得別具一格。

隨後，我回到了醫院，再去看了孩子。讓我感到非常高興的是，孩子竟然可以睜眼了。我欣喜若狂，在孩子面前呆立很久，以至於差點忘記了下班的時間。後來，是童瑤打電話來，才讓我忽然想起晚上的安排。

「我們去吃火鍋吧，天氣太冷了。」她說，「我知道一家火鍋店，味道不錯。怎麼樣？」

「好啊，不過，這樣我可就節約了。」我笑著說。

火鍋一般很便宜，所以我才這樣和她開玩笑。

「那我馬上出發了。你趕快來吧。」她隨即告訴我具體的地方。

出了兒科，剛剛上車，我就接到了阿珠的電話，「馮笑，晚上你幹什麼？我想請你吃飯。」

我心想：正好今天晚上我和童瑤兩個人吃飯不方便呢。於是，我對阿珠說道：「我約好人了，去吃火鍋，你也來吧。」

「你來接我。」她說。

我有些為難，忽然想起童瑤說的那個地方，好像正好要從阿珠那裏經過，於是便答應了她。

「下車。」車開到阿珠家樓下，阿珠手一攔，就把我拉下車來。

我苦笑著坐到了副駕駛的位置上面，「慢點開啊。」

「馮笑，你真好。」她嗲聲地道。

「誰讓你是小師妹呢？」我苦笑著說。

「就是，你這個當哥哥的，就是應該讓著我。」她大笑。

「我能不讓你嗎？我敢不讓嗎？」我也大笑。

「馮笑，我的事情，你想好辦法了嗎？」她問。

「還沒有，過幾天吧。你放心，我一定會想辦法處理好你的事情。」我說。

我沒有告訴她蘇華正在做這件事情。不過現在我太忙了，而且，明天我父母還要來，我哪裏有時間啊？

「我爸昨晚沒回家。馮笑，我很擔心，他越來越過分了。」她悲聲地說道。

我大吃一驚，「你媽媽有什麼反應？」

「她只是念叨了幾句。還是我騙我媽媽說，爸爸給我打了電話，說晚上有事情。」她說道。

「你應該給你爸爸打個電話的。」我說。

她低聲地道：「我打了的，他關機了。今天我又打，他說昨天晚上沒電了。我問他為什麼昨天晚上不回家，他說他忙，結果就把電話掛了。」

我歎息道：「這老爺子，怎麼這樣呢？」忽然想起蘇華說過的話來，隨即喃喃地道：「難道人老了，都要去風流一番？」

「馮笑，不要這麼說我爸爸。」她頓時生氣起來。

我訕訕地笑了笑，說：「你放心吧，會有辦法的。」

「可是，現在我爸爸越來越過分了，你這樣拖著，可是會出問題的。」她著急地道，「不行，我明天得去找他。不然，我媽媽知道了可不得了。」

「阿珠，我不是讓你不要著急嗎？實話告訴你吧，我這邊已經在解決這個問題了。」我只好這樣說道。

「真的？那你說說，你準備採用什麼辦法？咦？馮笑，你竟然騙我啊，你故意讓我這麼著急的是不是？你真討厭！」她生氣地道，臉上卻是笑容。

「暫時不告訴你。因為這件事情你必須自始至終都裝成不知道的樣子。嗯，你今天的這個電話打得好，這樣一來，他才不會懷疑你已經知道了他的事情。這時候千萬不要刺激他，因為如果搞不好的話，他很容易向你媽媽攤牌的。」我說。

「你究竟採用了什麼辦法？你急死人了，你快告訴我，我保證假裝什麼都不知道。」她說。

我搖頭，「不行，你這脾氣，最好不要知道的好。」

她將車開到路旁停下，「馮笑，你不會像對付竇華明那樣去對付我爸爸吧？」

「開車，別停在這裏。」我說道，見她不動，隨即又道：「你放心，我是想讓你爸爸自己離開那個女人。我絕對不會讓你爸爸和你媽媽受到任何傷害的，你就別管我怎麼去做了。阿珠，如果你非得要問的話，我可就不管啦。」

她開動了車，嘴裏在嘀咕道：「你這不是急死人嗎？」

我差點笑了出來。

阿珠看見童瑤的時候，很吃驚的樣子。

童瑤也疑惑地在看著我。

我急忙介紹了她們認識。

「很高興，我又認識了一位醫生，而且還是美女。」童瑤笑著對阿珠說。

「我以前一直都覺得，員警都是凶巴巴的，今天才知道，員警也有美女。」阿珠說。

童瑤頓時笑了起來，「唐醫生，你是在批評我們員警呢，還是表揚我們啊？」

我笑道：「你們兩個誰點菜？」

阿珠問道：「今天誰請客？」

我看著她笑道：「你不是說要請我吃飯嗎？」

「好，那我來點菜。這家火鍋看來味道不錯，還沒進來，我就聞到香味了。」阿珠笑道。

「你們一塊點吧。說好了的，今天我請童警官吃飯。」我笑道，因為我想不到，阿珠竟然當真了。我們三個人吃飯，就我是男人，豈有讓女人付賬的道理？

「太好了，那我選最貴的點。」阿珠說。

童瑤頓時笑了起來，「馮笑，你這小師妹挺好玩的。」

阿珠頓時不滿了，「童警官，師妹就師妹吧，怎麼還加個小字？」

童瑤大笑，「阿珠，我也跟著馮笑叫你阿珠好了，你今後叫我童姐吧。」

「幹嗎我要叫你姐？我們說不定誰小呢。」阿珠說。

「帶身分證了嗎？」童瑤笑問她道。

「幹嗎？」阿珠問。

「我們都拿出身分證來，如果誰小些的話，一會兒罰杯酒。」童瑤說。

我看著她們倆，不禁苦笑。

忽然發現，兩個人同時都露出了驚訝的神色，我問道：「怎樣？誰大誰小？」

「想不到，我們倆一樣大，而且還是同一天生日。這太巧了。」童瑤說。

「真的？」我也覺得很驚訝。

「是啊，太巧了。童警官，我可不能叫你姐了。」阿珠說。

阿珠對童瑤道：「童警官，我們還是得比一下大小。雖然我們倆是同年同月同日生的，但是，時辰不一樣啊？我是下午四點過生的，你呢？」

「我是早上。看，我還是姐姐嘛。」童瑤笑著說。

「服務員，給我拿瓶啤酒來。我說話算數，既然我小一點，那我就喝一瓶。」阿珠說。

童瑤大笑，「阿珠，我陪你。今天我真高興，竟然遇到和我同一天出生的人，今後我們就是好姐妹了，好嗎？」

「好，童姐，我很喜歡你這樣性格的員警。」阿珠說，隨即來瞪我道：「馮笑，你好意思啊？你一個大男人，看著我們兩個女人喝酒！」

我急忙地道：「好，好！我喝還不行嗎？來，我敬兩位大美女，恭喜你們一見如故、一見鍾情。呵呵！我喝了啊。」

阿珠和童瑤都大笑。

火鍋的味道確實不錯，這頓飯吃得很過癮，很高興。

酒足飯飽之後，我吩咐服務員結賬。

「我去。」阿珠說，卻在朝我伸手。

「幹嗎？」我沒搞明白她的意思。

「說好了我請客的啊？你付錢，我去結賬。」她說，隨即便笑了起來。

「好辦法，下次我也這樣。」童瑤大笑。

阿珠拿著我的錢包出去了，童瑤卻開始怪怪地看著我。

我頓時渾身不自然起來，「幹嗎這樣看著我？」

「馮笑，你這小師妹喜歡你。」她說，眼裏依然是怪怪的笑。

「呵呵！這沒什麼。我剛考上她媽媽的研究生的時候，她還是一個小姑娘呢。那時候她就喜歡跟在我屁股後面。這小丫頭挺可愛的。」我笑著說。

童瑤卻在搖頭，「我說的不是那種喜歡。我看到了，她看你的時候，眼神裏充滿了愛意。」

我猛地一怔，隨即苦笑道：「童瑤，你別這樣說啊，她不可能的，而且，我也一直把她當小師妹在看待。」

她竟然在一邊觀察我，這讓我感到很不自在。

「童瑤，想不到你一個人民警察，竟然很八卦。」

她卻淡淡地笑，「所謂面相、八字什麼的，當然是迷信了，不過我覺得，至少我們可以總結出一種規律。我們辦案子的時候，都會觀察這些細節的。」

我頓時明白了，她說了半天，其實是想提醒我。

我隨即歎道：「謝謝你，我明白了。其實我現在也後悔很多事情，確實，以前我太放蕩了，現在想起來真是慚愧啊。」

她詫異地看著我，「馮笑，看來我錯看你了。你很有肚量，而且還勇於承認自己的不足。這很好。一個人不怕犯錯誤，關鍵是要能夠隨時發現自己的錯誤，並加以改正。其實我一直在觀察你，我發現你的眼神很清澈，不像那些追求金錢和欲望的人。我想，也許是你的工作環境太單純的緣故吧，所以，才讓你少了一些責任感。呵呵！馮笑，我們是朋友，今天也就是隨便和你閒聊罷了。一個人的路是自己走出來的，今後往什麼方向走，還是得靠你自己。你說是嗎？」

我點頭，真誠地對她道：「謝謝你，童瑤，謝謝你的提醒。」

「不要那麼客氣。」她笑道，「對了，你拿來的樣本，我們法醫中心已經做出結果了。」

我頓時緊張起來，急忙地問道：「怎麼樣？是什麼結果？」

童瑤拿出一份報告出來，遞給我，「你自己看吧。」

請續看《帥醫筆記》之十　層層隱秘

帥醫筆記 之9 醫院暗潮

作者：司徒浪
發行人：陳曉林
出版所：風雲時代出版股份有限公司
地址：105台北市民生東路五段178號7樓之3
風雲書網：http://www.eastbooks.com.tw
官方部落格：http://eastbooks.pixnet.net/blog
Facebook：http://www.facebook.com/h7560949
信箱：h7560949@ms15.hinet.net
郵撥帳號：12043291
服務專線：(02)27560949
傳真專線：(02)27653799
執行主編：風雲編輯小組
美術編輯：風雲編輯小組

法律顧問：永然法律事務所 李永然律師
北辰著作權事務所 蕭雄淋律師

版權授權：蔡雷平
初版日期：2015年11月
初版二刷：2015年11月20日
ISBN：978-986-352-206-5

總經銷：成信文化事業股份有限公司
地　址：新北市新店區中正路四維巷二弄2號4樓
電　話：(02)2219-2080

行政院新聞局局版台業字第3595號 營利事業統一編號22759935

定價：280元　特價：199元

國家圖書館出版品預行編目資料

帥醫筆記／司徒浪著. -- 初版-- 臺北市：風雲時代，
2015.06 -- 冊；公分

ISBN 978-986-352-206-5（第9冊；平裝）

857.7　　104008026